4월의 어느 맑은 아침에
100퍼센트의 여자를
만나는 것에 대하여

KANGARU BIYORI

by Haruki Murakami
Copyright ⓒ 1983 Haruki Murakami
All rights reserved.
Originally published in Japan by HEIBONSHA LTD., PUBLISHERS, Tokyo.
Korean translation rights arranged with
Haruki Murakami, Japan
through THE SAKAI AGENCY and BOOKPOST AGENCY.

Korean translation copyright ⓒ 2009 by MUNHAKSASANG, Inc.

4월의 어느 맑은 아침에
100퍼센트의 여자를
만나는 것에 대하여

무라카미 하루키 소설 | 임홍빈 옮김

문학사상

※ 이 책은 무라카미 하루키의 《지금은 없는 공주를 위하여》와 《무라카미
하루키 단편걸작선》이 절판됨에 따라 1983년 발간된 소설집(원제: 캥거루
날씨(カンガル-日和))을 새롭게 번역, 출간한 것입니다.

contents

캥거루 날씨

마침내 캥거루를 구경하기로 한 날 아침이 왔다. 우리는 아침

여섯 시에 잠에서 깨어나 창문의 커튼을 열고, 그날이 캥거루

를 구경하는 데 썩 좋은 날씨라는 것을 순식간에 확인했다.

우리 안에는 캥거루가 네 마리 있었다. 한 마리는 수컷이고 두 마리는 암컷, 나머지 한 마리는 갓 태어난 새끼다.

캥거루 우리 앞에는 나와 그녀밖에 없다. 원래 대단히 인기가 있는 동물원도 아닌 데다가 공교롭게도 월요일 아침이다. 입장객의 숫자보다는 동물의 수가 훨씬 많다.

나와 그녀가 보고 싶었던 건 물론 새끼 캥거루이다. 그 밖에는 볼 만한 것이라곤 아무것도 생각나지 않는다.

우리는 한 달 전 신문의 지방판을 보고 새끼 캥거루가 태어난 것을 알았다. 그리고 한 달간 새끼 캥거루를 구경하기에 알맞은 날의 아침이 오기를 기다리고 있었다. 그러나 그런 아침은 좀처럼 오지 않았다. 어떤 날 아침에는 비가 내렸다. 그다음 날 아침에도 역시 비가 내렸다. 그다음 날 아침에는 땅이 질척했고, 그 후 이틀간은 계속해서 밉살맞은 바람이 불었다.

9

어느 날 아침에는 그녀가 충치를 앓았고, 다른 날 아침에는 내가 볼일 때문에 구청에 가야만 했다.

그럭저럭하는 동안에 한 달이 지나갔다.

한 달이라는 시간은 정말 순식간에 지나가버린다. 이 한 달 동안 나는 도대체 무엇을 했는지 전혀 기억할 수가 없다. 여러 가지 일을 한 것 같은 느낌이 들기도 하고, 아무 일도 하지 않은 것 같은 느낌이 들기도 한다. 월말이 되어 신문사 수금원이 올 때까지 한 달이 지나가버린 것조차 나는 알아채지 못했다.

그러나 뭐 어찌 됐든 마침내 캥거루를 구경하기로 한 날 아침이 왔다. 우리는 아침 여섯 시에 잠에서 깨어나 창문의 커튼을 열고, 그날이 캥거루를 구경하는 데 썩 좋은 날씨라는 것을 순식간에 확인했다. 우리는 세수를 하고, 식사를 끝내고, 고양이에게 먹이를 주고, 세탁을 하고, 차양이 달린 모자를 쓰고 집을 나섰다.

"새끼 캥거루가 아직 살아 있을까요?"

전철 안에서 그녀가 나에게 물었다.

"살아 있을 거야. 죽었다는 기사가 실리지 않았거든."

"병에 걸려 어딘가에 입원했을지도 몰라요."

"그렇다고 해도 기사는 나지."

"노이로제에 걸려 안쪽 깊숙이 틀어박혀 있지는 않을까요?"

"새끼가?"

"설마, 어미 말이에요. 안쪽에 있는 어두운 방으로 새끼를 데리고 들어가서 꼼짝 않고 틀어박혀 있는 건 아닐까 몰라."

여자라는 건 정말 여러 가지 가능성을 다 머리에 그려보는 존재로구나, 하고 나는 감탄했다.

"뭐랄까, 이 기회를 놓치면 두 번 다시 새끼 캥거루를 볼 수 없을 것 같은 느낌이 들어요."

"그런가?"

"그런데 당신은 지금까지 새끼 캥거루를 본 적이 있어요?"

"아니, 없어."

"앞으로 볼 거라는 자신은 있어요?"

"글쎄, 알 수 없지."

"그래서 제가 걱정을 하고 있는 거예요."

"하지만…… 확실히 당신이 한 말 그대로일지도 모르지만, 나는 기린이 새끼를 낳는 것도 본 적이 없고, 고래가 헤엄치고 있는 것도 본 적이 없어. 그런데 왜 새끼 캥거루만이 지금 문제가 되는 거지?" 하고 나는 항의했다.

"새끼 캥거루이기 때문이에요." 그녀는 말했다.

나는 체념하고 신문을 들여다본다. 지금까지 여자와 논쟁을 벌여 이긴 적은 한 번도 없다.

새끼 캥거루는 물론 살아 있었다. 캥거루는 그(어쩌면 그녀)가 신문 사진에서 본 것보다 훨씬 자라 있었고, 활기차게 땅 위를 뛰어다니고 있었다. 그것은 이미 새끼라기보다는 작은 캥거루였다. 그 사실이 그녀를 약간 실망시켰다.

"이젠 새끼가 아닌 것 같아요."

새끼나 마찬가지야, 라고 나는 그녀를 위로한다.

"좀 더 일찍 왔었어야 했어요."

내가 매점까지 가서 초콜릿 아이스크림을 두 개 사가지고 돌아왔을 때, 그녀는 여전히 우리에 기댄 채 캥거루를 물끄러미 바라보고 있었다.

"이젠 새끼가 아니에요" 하고 그녀는 말을 되풀이했다.

"그래?" 하고 말하고 나는 아이스크림 하나를 그녀에게 건넨다.

"그래도 새끼라면 어미의 주머니에 들어갈 거예요."

나는 고개를 끄덕이고 아이스크림을 핥는다.

"하지만 들어가 있지 않은걸요."

우리는 우선 어미 캥거루를 찾아보았다. 아빠 캥거루 쪽은 이내 알 수 있었다. 가장 크고 가장 조용한 것이 아빠 캥거루다. 그는 재능이 말라버린 작곡가와도 같은 표정으로, 먹이통 안에 있는 초록색 잎을 물끄러미 바라보고 있다.

나머지 두 마리는 암컷인데, 둘 다 같은 몸매에 같은 몸 색깔에 같은 표정을 하고 있다. 어느 쪽을 어미라고 해도 이상할 게 없다.

"그래도 한쪽은 어미고, 다른 쪽은 어미가 아니지"라고 나는 말했다.

"그래요."

"그렇다면 어미가 아닌 캥거루는 도대체 뭐지?"

몰라요, 라고 그녀는 말했다.

그런 일에는 아랑곳하지 않고 새끼 캥거루는 땅 위를 뛰어다니며 군데군데 의미도 없이 앞발로 구멍을 계속 파고 있었다. 그 혹은 그녀는 지루함을 모르는 생물인 듯했다. 아빠의 주위를 빙글빙글 돌고, 초록색 풀을 약간 뜯어먹고, 땅을 파고, 두 마리의 암컷 캥거루를 툭툭 건드리기도 하고, 땅바닥에 벌렁 드러눕고, 그리고 다시 일어나 달리기 시작했다.

"왜 캥거루는 저렇게 빨리 뛰어다닐까요?" 하고 그녀가 물었다.

"적으로부터 달아나기 위해서야."

"적? 어떤 적?"

"인간이지. 인간이 부메랑으로 캥거루를 죽여서 고기를 먹는다고."

나는 말했다.

"왜 새끼 캥거루는 어미의 배에 있는 주머니로 들어가죠?"

"함께 달아나기 위해서야. 새끼는 그렇게 빨리 달릴 수 없으니까."

"보호받고 있는 거군요?"

"응, 새끼들은 모두 보호받고 있지"라고 나는 말한다.

"얼마 동안이나 보호받아요?"

나는 동물도감에서 캥거루에 관한 모든 것을 확실히 조사해 보고 나왔어야 했다. 이렇게 될 것이라는 걸 처음부터 알고 있었으니까.

"한 달이나 두 달, 그 정도겠지."

"그럼 저 새끼는 아직 한 달이니까" 하고 그녀는 새끼 캥거루를 가리킨다.

"어미의 주머니 속으로 들어가겠네요."

"응, 그럴 거야."

내가 말했다.

"이봐요, 저 주머니 속으로 들어간다는 거 멋있다고 생각 안 해요?"

"그렇군."

캥거루 날씨

"도라에몽의 주머니처럼 태내회귀 소망인 건가?"

"글쎄, 어떨까?"

해는 완전히 솟아올랐다. 가까이 있는 수영장에서 아이들의 환성이 들려왔다. 하늘에는 여름철의 구름이 또렷이 떠 있었다.

"뭘 좀 먹겠어?"

나는 그녀에게 물었다.

"핫도그 그리고 콜라."

그녀는 말했다.

핫도그를 파는 사람은 젊은 아르바이트 학생이었고 왜건 모양을 한 포장마차 안에는 대형 카세트 라디오가 놓여 있었다. 핫도그가 다 구워질 때까지 스티비 원더와 빌리 조엘이 노래를 불러주었다.

내가 캥거루 우리로 돌아오자, 그녀는 "봐요" 하고 말하며 한 마리의 암컷 캥거루를 손가락으로 가리켰다.

"봐요, 주머니 속으로 들어갔어요."

확실히 새끼 캥거루는 어미의 주머니 속에 들어가 있었다. 배의 주머니는 커다랗게 부풀어 올라 있었고, 뾰족한 작은 귀와 꼬리의 끝부분만이 위로 삐죽 튀어나와 있었다.

"무겁지 않을까요?"

"캥거루는 힘이 세니까."

"정말?"

"물론. 그래서 지금까지 살아남은 거야."

어미는 강한 햇살 속에서 땀 한 방울도 흘리지 않았다. 아오야마 거리에 있는 슈퍼마켓에서 오후 쇼핑을 끝내고 커피숍에서 한 잔 마시고 있는 듯한 그러한 느낌이었다.

"보호받고 있는 거군요?"

"그래."

"잠들었을까요?"

"아마도."

우리는 핫도그를 먹고 콜라를 마시고 나서 캥거루 우리를 뒤로하고 나왔다.

우리가 떠날 때에도 아빠 캥거루는 아직도 먹이통 안을 들여다보며 잃어버린 음표를 찾고 있었다. 어미 캥거루와 새끼 캥거루는 한 몸이 되어 시간의 흐름에 몸을 맡기고 쉬고 있었고, 신비한 암컷 캥거루는 꼬리의 상태를 시험하듯 우리 속에서 도약을 되풀이하고 있었다.

오랜만에 더운 날이 될 것 같았다.

"이봐요, 맥주라도 마시지 않겠어요?"

그녀가 말했다.

"좋지."

나는 대답했다.

4월의 어느 맑은 아침에
100퍼센트의 여자를 만나는 것에 대하여

4월의 어느 맑은 아침, 하라주쿠의 뒷길에서 나는 100퍼센
트의 여자와 스쳐 지나간다. 그다지 예쁜 여자는 아니다. 멋
진 옷을 입고 있는 것도 아니다.

4월의 어느 맑은 아침, 하라주쿠의 뒷길에서 나는 100퍼센트의 여자와 스쳐 지나간다.

  그다지 예쁜 여자는 아니다. 멋진 옷을 입고 있는 것도 아니다. 머리카락 뒤쪽에는 나쁜 잠버릇이 달라붙어 있고, 나이도 모르긴 몰라도 이미 서른에 가까울 것이다. 그러나 50미터 앞에서부터 나는 확실히 알고 있었다. 그녀는 내게 있어서 100
  ·· ·
  퍼센트의 여자인 것이다. 그녀의 모습을 본 순간부터 내 가슴은 불규칙하게 떨리고, 입안은 사막처럼 바싹바싹 타들어간다.

  어쩌면 당신에게는 선호하는 여자의 타입이 있을지도 모른다. 예를 들면 발목이 가느다란 여자가 좋다든가, 역시 눈이 큰 여자라든가, 절대적으로 손가락이 예쁜 여자라든가, 잘은 모르겠지만 시간을 들여 천천히 식사하는 여자에게 끌린다든가 하는 그런 느낌일 것이다. 나에게도 물론 그런 기호는 있다. 레스토랑에서 식사를 하면서 옆 테이블에 앉은 여자의 코 모양에 반해 넋을 잃는 경우도 있다.

그러나 100퍼센트의 여자를 유형화하는 일은 그 누구도 할 수가 없다. 그녀의 코가 어떤 모양을 하고 있었던가 하는 따위의 일은 나로서는 절대 기억할 수 없다. 아니, 코가 있었는지 어땠는지조차 제대로 기억할 수 없다. 내가 지금 기억할 수 있는 것은 그녀가 그다지 미인이 아니었다는 사실뿐이다. 뭔가 이상한 일이다.

"어제 100퍼센트의 여자와 길에서 스쳐 지나갔어"라고 나는 누군가에게 말한다.

"흠, 미인이었어?"라고 그가 묻는다.

"아니, 그렇진 않아."

"그럼, 좋아하는 타입이었겠군."

"그게 기억나지 않아. 눈이 어떻게 생겼는지, 가슴이 큰지 작은지, 전혀 아무것도 기억나지 않아."

"그거 이상한 일이군."

"이상한 일이야."

"그래서, 뭔가 했나? 말을 건다든가, 뒤를 밟는다든가 말이야"라고 그는 지루하다는 듯이 말했다.

"아무것도 하지 않았어. 그저 스쳐 지나갔을 뿐."

4월의 어느 맑은 아침에…

그녀는 동쪽에서 서쪽으로, 나는 서쪽에서 동쪽으로 걷고 있었다. 무척 기분 좋은 4월의 아침이다.

다만 삼십 분이라도 좋으니까 그녀와 이야기를 하고 싶다고 나는 생각한다. 그녀의 신상에 관해 듣고 싶기도 하고, 나의 신상 이야기를 털어놓고 싶기도 하다. 그리고 무엇보다도 1981년 4월의 어느 해맑은 아침에, 우리가 하라주쿠의 뒷길에서 스쳐 지나가게 된 운명의 경위 같은 것을 해명해보고 싶다고 생각한다. 거기에는 틀림없이 평화로운 시대의 낡은 기계처럼 따스한 비밀이 가득할 것이다.

우리는 그런 이야기를 하고 나서 어딘가에서 점심 식사를 하고, 우디 앨런의 영화라도 보고, 호텔 바에 들러 칵테일이나 뭔가를 마신다. 잘되면 그 뒤에 그녀와 자게 될지도 모른다.

가능성이 내 마음의 문을 두드린다.

나와 그녀 사이의 거리는 벌써 15미터 정도로 가까워지고 있다.

그런데 나는 도대체 어떤 식으로 그녀에게 말을 걸면 좋을까?

"안녕하세요. 단 삼십 분이라도 좋으니까 저와 이야기를 나누지 않겠습니까?"

바보 같다. 마치 보험을 권유하는 것 같다.

"미안합니다, 이 근처에 24시간 영업하는 세탁소가 있습니까?"

이것도 바보 같다. 우선 나는 세탁물을 담은 백조차 지니고 있지 않지 않은가.

어쩌면 솔직하게 말을 꺼내는 편이 좋을지도 모른다.

"안녕하세요. 당신은 나에게 100퍼센트의 여자입니다."

그녀는 아마도 그런 대사를 믿지 않을 것이다. 그리고 혹시 믿어준다고 해도, 그녀는 나와 이야기 같은 건 하고 싶지 않다고 생각할지도 모른다. 당신에게 있어 내가 100퍼센트의 여자라 해도, 나에게 있어 당신은 100퍼센트의 남자가 아닌걸요, 라고 그녀는 말할지도 모른다.

그러한 사태에 처한다면 나는 틀림없이 혼란에 빠질 것이다. 나는 벌써 서른두 살이고 결국 나이를 먹는다는 것은 그런 것이다.

꽃가게 앞에서, 나는 그녀와 스쳐 지나간다. 따스하고 자그마한 공기 덩어리가 내 피부에 와 닿는다. 아스팔트로 포장된 길 위에는 물이 뿌려져 있고, 주변에는 장미꽃 향기가 풍긴다. 나는 그녀에게 말을 걸 수도 없다. 그녀는 흰 스웨터를 입고 아직 우표를 붙이지 않은 흰 사각 봉투를 오른손에 들고 있다.

4월의 어느 맑은 아침에…

그녀는 누군가에게 편지를 쓴 것이다. 그녀는 무척 졸린 듯한 눈을 하고 있었으므로 어쩌면 밤새 그것을 썼을지도 모른다. 그리고 그 사각 봉투 속에는 그녀에 관한 비밀이 전부 담겨 있을지도 모른다.

몇 걸음인가 걷고 나서 뒤돌아보았을 때, 그녀의 모습은 이미 사람들 틈으로 사라지고 없었다.

*   *   *

물론 지금은 그때 그녀를 향해 어떤 식으로 말을 걸었어야 했는지를 확실히 알고 있다. 그러나 어떻게 한다 해도 꽤 긴 대사이기 때문에 틀림없이 능숙하게 말할 수는 없었을 것이다. 이런 식으로 내가 하는 생각은 언제나 실용적이지 못하다.

아무튼 그 대사는 "옛날 옛적에"로 시작해 "슬픈 이야기라고 생각하지 않습니까?"로 끝난다.

*   *   *

옛날 옛적에, 어느 곳에 소년과 소녀가 있었다. 소년은 열여덟 살이고, 소녀는 열여섯 살이었다. 그다지 잘생긴 소년도 아니고, 그리 예쁜 소녀도 아니다. 어디에나 있는 외롭고 평범한 소년과 소녀다. 하지만 그들은 이 세상 어딘가에는 100퍼센트 자신과 똑같은 소녀와 소년이 틀림없이 있을 거라고 굳게 믿고 있다.

어느 날 두 사람은 길모퉁이에서 딱 마주치게 된다.

"놀랐잖아, 난 줄곧 너를 찾아다녔단 말이야. 네가 믿지 않을지는 몰라도, 넌 내게 있어서 100퍼센트의 여자아이란 말이야"라고 소년은 소녀에게 말한다.

"너야말로 내게 있어서 100퍼센트의 남자아이인걸. 모든 것이 모두 내가 상상하고 있던 그대로야. 마치 꿈만 같아"라고 소녀는 소년에게 말한다.

두 사람은 공원 벤치에 앉아 질리지도 않고 언제까지나 이야기를 계속한다. 두 사람은 이미 고독하지 않다. 자신이 100퍼센트의 상대를 찾고, 그 100퍼센트의 상대가 자신을 찾아준다는 것은 얼마나 멋진 일인가.

그러나 두 사람의 마음속에 약간의, 극히 사소한 의심이 파고든다. 이처럼 간단하게 꿈이 실현되어 버려도 좋은 것일까 하는…….

대화가 문득 끊어졌을 때, 소년이 이렇게 말한다.

"이봐, 다시 한 번만 시험해보자. 가령 우리 두 사람이 정말

100퍼센트의 연인 사이라면, 언젠가 반드시 어디선가 다시 만날 게 틀림없어. 그리고 다음에 다시 만났을 때에도 역시 서로가 100퍼센트라면, 그때 바로 결혼하자. 알겠어?"

"좋아"라고 소녀는 말했다.

그리고 두 사람은 헤어졌다.

그러나 사실을 말하면, 시험해볼 필요는 조금도 없었던 것이다. 그들은 진정으로 100퍼센트의 연인 사이였으니까. 그리고 상투적인 운명의 파도가 두 사람을 희롱하게 된다.

어느 해 겨울, 두 사람은 그해에 유행한 악성 인플루엔자에 걸려 몇 주일간 사경을 헤맨 끝에, 옛날 기억들을 깡그리 잃고 말았던 것이다. 그들이 눈을 떴을 때 그들의 머릿속은 어린 시절 D. H. 로렌스의 저금통처럼 텅 비어 있었다.

그러나 두 사람은 현명하고 참을성 있는 소년, 소녀였기 때문에 노력에 노력을 거듭해 다시 새로운 지식과 감정을 터득하여 훌륭하게 사회에 복귀할 수 있었다. 그들은 정확하게 지하철을 갈아타거나 우체국에서 속달을 부치거나 할 수도 있게 되었다. 그리고 75퍼센트의 연애나, 85퍼센트의 연애를 경험하기도 했다.

그렇게 소년은 서른두 살이 되었고, 소녀는 서른 살이 되었다. 시간은 놀라운 속도로 지나갔다.

그리고 4월의 어느 맑은 이침, 소년은 모닝커피를 마시기 위해 하라주쿠의 뒷길을 서쪽에서 동쪽으로 향해 가고, 소녀는 속달용 우표를 사기 위해 같은 길을 동쪽에서 서쪽으로 향해 간다. 두 사람은 길 한복판에서 스쳐 지나간다. 잃어버린 기억의 희미한 빛이 두 사람의 마음을 한순간 비춘다.

　그녀는 내게 있어서 100퍼센트의 여자아이란 말이다.

　그는 내게 있어서 100퍼센트의 남자아이야.

　그러나 그들의 기억의 빛은 너무나도 약하고, 그들의 언어는 이제 14년 전만큼 맑지 않다. 두 사람은 그냥 말없이 서로를 스쳐 지나, 그대로 사람들 틈으로 사라지고 만다.

　슬픈 이야기라고 생각하지 않습니까.

＊　　　＊　　　＊

　나는 그녀에게 그런 식으로 말을 꺼내보았어야 했던 것이다.

4월의 어느 맑은 아침에…

졸립다

수프 접시 바로 위 30센티미터쯤 떨어진 곳에 계란형의 흰 가스 덩어리가 둥실 떠서 나를 향해 "됐어, 됐어, 더 참지 말고 자라고" 하며 속삭이고 있었다.

나는 수프를 먹으면서 졸기 시작했다.

스푼이 손을 떠나서, 식기 테두리에 부딪히며 '딱' 하고 꽤 커다란 소리를 냈다. 몇 사람인가가 내 쪽을 보았다. 옆자리에서 그녀가 가볍게 헛기침을 했다.

나는 그 순간을 얼버무리려고 오른쪽 손바닥을 펴서 그것을 뒤집었다 폈다 하며 살펴보는 척했다. 아무리 그래도 수프를 먹으면서 졸았다는 것을 사람들에게 알리고 싶지 않았다.

나는 십오 초가량 오른손을 점검하는 척하고 나서 살짝 심호흡을 하고, 다시 콘 포타주 수프를 먹기 시작했다. 머리 뒤쪽이 멍하니 마비되어 있었다. 사이즈가 작은 야구모자를 뒤로 돌려 쓴 느낌이었다. 수프 접시 바로 위 30센티미터쯤 떨어진 곳에 계란형의 흰 가스 덩어리가 둥실 떠서 나를 향해 "됐어, 됐어, 더 참지 말고 자라고" 하며 속삭이고 있었다. 아까부터 그러고 있었디.

그 계란형의 흰 가스 덩어리는 주기적으로 윤곽이 선명해졌다가 희미해졌다가 했다. 그리고 내가 그 윤곽의 미세한 변화를 확인하려고 하면 할수록, 나의 눈꺼풀은 조금씩 무거워져 갔다. 물론 나는 몇 번이나 고개를 젓고, 눈을 꼭 감거나 아니면 눈을 돌려, 그 가스 덩어리를 지워버리려고 애썼다. 그러나 아무리 애써도 그것은 사라지지 않았다. 가스 덩어리는 줄곧 테이블 위에 떠 있었다. 지독하게 졸립다.

나는 졸음을 쫓기 위해 수프 스푼을 입으로 옮기면서 머릿속으로 콘 포타주 수프의 철자를 떠올려보았다.

corn potage soup

너무 간단해서 효과가 없었다.

"스펠링이 까다로운 단어를 하나 말해주지 않을래?" 하고 나는 그녀 쪽을 향해서 살짝 말했다. 그녀는 중학교 영어 교사이다.

"미시시피" 하고 그녀는 주위에 들리지 않도록 작은 소리로 말했다.

Mississippi 하고 나는 머릿속에서 철자를 떠올려보았다. s가

네 개, i가 네 개, p가 두 개. 기묘한 단어다.

"그 밖엔?"

"잠자코 좀 먹어요."

"굉장히 졸립단 말이야."

"알고 있지만 부탁이니까 졸지 마세요. 모두 보고 있으니까"라고 그녀가 말했다.

역시 결혼식 같은 데 오는 게 아니었다. 신부 쪽 친구 테이블에 남자가 앉아 있다는 것도 아무래도 묘한 일인 데다가 사실은 친구도 뭣도 아니었다. 그런 건 역시 딱 잘라 거절해버렸어야 했다. 그랬다면 지금쯤 나는 내 집 침대 위에서 쿨쿨 잘 수 있었을 것이다.

"요크셔테리어" 하고 그녀가 갑자기 말했다. 스펠링을 말하라는 것이란 걸 알아채기까지는 약간 시간이 걸렸다.

"Y · O · R · K · S · H · I · R · E · T · E · R · R · I · E · R."

나는 이번에는 소리 내어 말해보았다. 예전부터 스펠링 테스트는 자신 있었다.

"그래, 그런 식이야. 이제 한 시간만 버티자. 이제 한 시간만 지나면 실컷 자게 해줄 테니까."

나는 수프를 다 먹은 후, 연거푸 세 번 하품을 했다. 몇십 명의 웨이터가 몰려와서 수프 접시들을 치우자, 그 뒤에 샐러드와 빵이 나왔다. 퍽이나 긴 여정을 거쳐 잘도 여기까지 왔구나 싶은 느낌이 드는 빵이었다.

누군가가 아무도 들어주지 않는 연설을 장황하게 계속하고 있었다. 인생이니 날씨니, 그런 류의 이야기였다. 나는 다시금 졸기 시작했다. 그녀가 구두 끝으로 나의 복사뼈를 걷어찼다.

"이래선 안 된다고 생각하지만, 이렇게 졸린 건 난생처음이야."

"왜 제대로 자지 않았어요?"

"잘 자지 못했어. 이것저것 생각해야 할 것이 있어서."

"그럼 쭉 생각을 하세요. 어쨌든 졸지는 말고. 내 친구 결혼식이니까."

"내 친구는 아니야" 하고 나는 말했다.

그녀는 빵을 접시 위에다 도로 놓고는 아무 말도 하지 않고 나의 얼굴을 물끄러미 쳐다보았다. 나는 체념하고 굴 그라탕을 먹기 시작했다. 고대 생물 같은 맛이 나는 굴이었다. 굴을 먹고 있는 동안 나는 멋진 익룡翼龍이 되어 눈 깜짝할 사이에 원시림을 날아서 황량한 땅 표면을 차갑게 내려다보았다.

땅 표면에서는 점잖아 보이는 중년의 피아노 선생이 신부의 초등학교 시절에 대한 추억을 이야기하고 있었다. 그녀는 이해할 수 없을 때는 납득이 갈 때까지 질문을 하는 타입의 아이

졸립다

였습니다. 그만큼 다른 아이들보다는 진도가 늦었지만, 마지막에는 누구보다도 마음이 담긴 피아노를 쳤습니다. 흐음, 하고 나는 생각한다.

"당신은 저 사람을 따분한 여자라고 느낄지도 모르지만, 실은 아주 훌륭한 사람이에요"라고 그녀는 말했다.

"흐음."

그녀는 손에 든 스푼을 허공에서 멈춘 채 물끄러미 내 얼굴을 응시했다.

"정말이에요. 당신은 믿지 않을지 몰라도."

"믿고 있다고. 푹 자고 일어나면 좀 더 믿을 수 있게 될 거라고 생각해."

"확실히 조금은 지루할지도 몰라요. 하지만 지루하다는 건 그렇게 큰 죄가 아니죠. 그렇죠?"

"죄는 아니지." 나는 고개를 저었다.

"당신처럼 세상을 삐딱하게 보는 것보다 훨씬 낫다고 생각하지 않나요?"

"나는 세상을 삐딱하게 보지 않아"라고 나는 항의했다.

"사람 숫자를 맞추기 위해 잠이 부족한 사람을 잘 알지도 못하는 여자의 결혼식에 갑자기 끌고 나온 것뿐이지. 단지 당신의 친구라는 이유로 말이야. 원래 나는 결혼식 따위는 좋아하지 않아. 전혀 좋아하지 않지. 백 명이나 되는 인간들이 시시한 굴을 늘어놓고 먹는 것 따위 말이야."

그녀는 한마디 말도 없이 스푼을 접시 위에다 반듯하게 내려놓고, 무릎 위의 흰 냅킨으로 입 가장자리를 닦았다. 누군가가 노래를 부르기 시작했고, 플래시가 여러 번 터졌다.

"졸릴 뿐이란 말이야" 하고 나는 톡 쏘듯이 말했다. 옷가방도 없이 알지 못하는 거리에 내동댕이쳐진 기분이었다. 팔짱을 끼고 있는 내 앞에 스테이크 접시가 놓였지만, 그 위에도 역시 흰 가스 덩어리가 둥실 떠 있었다.

"예컨대, 여기에 하얀 시트가 있다"라고 하며 그 흰 가스 형체는 말을 걸어왔다.

"세탁소에서 막 가져온 빳빳한 시트란 말이야. 알겠지? 자네는 거기에 파고들기만 하면 돼. 약간 차가운 것 같지만, 그러고 있으면 따스하거든. 게다가 햇볕 냄새가 난단 말이야."

그녀의 조그만 손이 나의 손등에 와 닿았고, 희미한 향수 냄새가 풍겼다. 그녀의 섬세하고 곧은 머리카락이 나의 뺨을 어루만졌다. 나는 마치 무엇에 튕긴 듯이 눈을 떴다.

"이제 조금 있으면 끝나니까 참고 있어요. 부탁이에요."

귓전에 대고 그녀가 그렇게 말했다. 그녀는 가슴 모양이 뚜렷하게 눈에 띄는, 하얀 실크 원피스를 단정하게 차려입고 있었다.

졸립다

나는 나이프와 포크를 손에 쥐고, T자로 선을 긋듯이 천천히 고기를 잘랐다. 테이블마다 시끌벅적했고, 사람들은 누구나 시끄럽게 떠들어대고, 포크가 접시에 부딪히는 소리가 뒤섞여들었다. 마치 러시아워 때의 지하철에 탄 느낌이었다.

"사실대로 말하자면, 누군가의 결혼식에 올 때마다 졸립다고. 언제나, 늘, 꼭 그렇단 말이야" 하고 나는 고백했다.

"설마."

"거짓말이 아니야. 정말 그렇다고. 나도 잘 모르겠지만, 지금까지 선잠을 자지 않은 결혼식은 하나도 없었어."

그녀는 질렸다는 듯한 얼굴을 하고 와인을 한 모금 마시고 나서 튀긴 감자를 몇 개 집었다.

"뭔가 콤플렉스 같은 건가요?"

"짐작도 안 가."

"분명히 콤플렉스예요."

"그렇게 말하니 언제나 백곰과 함께 유리창을 깨고 걷는 꿈을 꿔"라고 나는 농담을 해보았다.

"하지만 사실 나쁜 놈은 펭귄이란 말이야. 펭귄이 나와 백곰에게 억지로 누에콩을 먹인단 말이야. 그것도 굉장히 큰 초록색 누에콩인데……."

"입 다무세요" 하고 그녀는 단호히 말했다. 나는 입을 다물었나.

"하지만 결혼식에 오면 졸린 건 사실이야. 한번은 맥주병을 엎질렀고, 한번은 나이프와 포크를 세 번씩이나 바닥에 떨어 뜨렸지."

"딱하기도 해라."

그녀는 접시 위에서 고기의 지방 부분을 정성스럽게 잘라내면서 말했다.

"당신, 사실은 결혼하고 싶은 거 아니에요?"

"그래서 남의 결혼식에서 선잠을 잔다, 그건가?"

"복수죠."

"잠재적 욕망에 의해 나타나는 복수 행위?"

"그래요."

"그럼 지하철을 탈 때마다 선잠을 자는 사람은 어떻게 되나? 탄광 갱부가 되고 싶은 욕망인가?"

그녀는 그 말에는 대꾸하지 않았다. 나는 스테이크 먹기를 포기하고 셔츠 주머니에서 담배를 꺼내어 불을 붙였다.

"요컨대"라고 말하고 나서 잠시 후 그녀는 말을 이었다.

"당신은 언제까지나 어린아이로 있고 싶은 거예요."

우리는 잠자코 검정 구스베리 셔벗을 먹고, 뜨거운 에스프 레소 커피를 마셨다.

졸립다

"졸려요?"

"아직도 조금은" 하고 나는 대답했다.

"내 커피 마실래요?"

"고마워."

나는 두 잔째 커피를 마시고, 두 개비째 담배를 피우고, 서른여섯 번째 하품을 했다. 하품을 하고 나서 얼굴을 들었을 때에는, 테이블 위의 하얀 가스 덩어리는 이미 어디론가 사라지고 없었다.

여느 때나 다름없다.

가스 덩어리가 사라질 즈음, 테이블에 케이크 상자가 돌려지게 된다. 그리고 나의 졸음은 어디론가 자취도 없이 날아가 버린다.

콤플렉스?

"어딘가로 수영하러 가지 않겠어?"라고 나는 그녀에게 물어보았다.

"지금?"

"아직 해가 중천이야."

"좋긴 하지만, 수영복은 어쩌죠?"

"호텔 매점에서 사면 되지."

우리는 케이크 상자를 안고, 호텔 복도를 걸어 매점까지 갔다. 일요일 오후라서 호텔 로비는 결혼식 하객들과 동반한 가족들로 뒤죽박죽이었다.

"이봐, 그런데 '미시시피'라는 단어엔 정말 s가 네 개 들어 있는 건가?"

"몰라요, 그런 건" 하고 그녀는 말했다. 그녀의 목덜미에서는 근사한 향수 냄새가 났다.

졸립다

택시를 탄 흡혈귀

"흡혈귀라는 개념에 얽매이고 싶지 않기 때문입니다. 망토를 쓰거나 마차에 올라타거나, 성에서 산다고 하는 그런 건 싫거든요."

나쁜 일이라는 것은 흔히 겹치는 법이다.

이것은 물론 일반론이다. 그러나 만일 실제로 나쁜 일이 몇 가지 겹쳐버리면, 이것은 이미 일반론 같은 것이 아니게 된다. 기다리던 아가씨와는 엇갈려 못 만나고, 윗도리의 단추가 떨어져버리고, 전철 안에서 만나고 싶지 않은 아는 사람을 만나버리고, 충치가 아프기 시작하고, 비가 내리기 시작하고, 택시를 타면 교통사고로 도로가 꽉 막혀버리는 식이다. 그러한 때에 만일 나쁜 일은 겹치는 법이야, 라고 주절거리는 녀석이 있다면 나는 틀림없이 그놈을 때려눕혀버렸을 것이다.

당신이라도 분명히 그럴 것이다.

일반론이라는 건 결국 그런 것이다.

따라서 다른 사람과 잘 지낸다는 것은 무척 어렵다. 현관 매트 같은 것이 되어 평생 방바닥에서 뒹굴며 지낼 수 있다면 얼마나 근사할까, 하고 가끔 생각한다.

그러나 역시 현관 매트의 세계에도 현관 매트적인 일반론이 있어 노고가 따를 것이다. 뭐 그런 건 어찌 됐든 상관없다.

아무튼 나는 교통 체증이 걸린 도로 위의 택시 안에 갇혀 있었다. 가을비가 지붕 위로 후드득 소리를 내며 떨어지고 있었다. 미터기가 올라갈 때의 찰카 하는 소리가 나팔총에서 발사된 산탄散彈처럼 내 뇌수에 박히는 것 같다.

아이고 이런.

게다가 나는 담배를 끊은 지 사흘째이다. 뭔가 즐거운 일을 생각해보려고 해도, 무엇 하나 생각나지 않는다. 할 수 없이 나는 줄곧 아가씨의 옷을 벗기는 순서를 생각하고 있었다. 우선 안경 그리고 손목시계, 달그락거리는 팔찌 그리고…….

"저어, 손님" 하고 갑자기 운전사가 말했다. 나는 블라우스의 첫 단추에 겨우 도달한 참이었다.

"흡혈귀란 게 정말 있다고 생각하십니까?"

"흡혈귀요?"

나는 멍해져서 백미러 속에 있는 운전사의 얼굴을 쳐다보았다.

"흡혈귀라면 그 피를 빨아먹는……?"

"맞아요. 실제로 있다고 생각하십니까?"

"흡혈귀 같은 존재라든가, 은유로서의 흡혈귀나 흡혈 박쥐라든가, SF 뱀파이어 같은 게 아니라, 진짜 흡혈귀요?"

"물론이죠"라고 운전사는 말하고 나서 50센티미터쯤 차를 전진시켰다.

"모르겠는데요"라고 나는 말했다.

"모르시면 곤란합니다. 믿는다, 믿지 않는다, 둘 중의 하나로 대답해주세요."

"믿지 않아요"라고 나는 말했다.

"흡혈귀의 존재를 믿지 않는다는 거군요."

"믿지 않아요."

나는 주머니에서 담배를 꺼내 입에 물고, 불을 붙이지 않은 채 입술 위에서 담배를 굴렸다.

"유령은 어떻습니까? 믿습니까?"

"유령은 있는 것 같은 느낌이 들어요."

"느낌이 든다는 것 말고 예스나 노로 대답해주세요."

"예스, 믿습니다" 하고 할 수 없이 나는 대답했다.

"유령의 존재는 믿으시는군요."

"네."

"그런데 흡혈귀의 존재는 믿지 않는다."

"믿지 않습니다."

"그러면 유령과 흡혈귀의 차이는 대체 무엇입니까?"

"유령이라는 것은 요컨대 육체적 존재에 대한 안티테제(대립되는 이론-옮긴이)이죠"라고 나는 입에서 나오는 대로 말했다. 그렇게 말하는 데에는 아주 자신 있다.

"흠."

"그러나 흡혈귀라는 것은 육체를 축으로 한 가치 전환이에요."

"결국 안티테제는 인정하지만 가치 전환은 인정하지 않는다, 라는 거군요."

"까다로운 것을 인정하면, 한도 끝도 없으니까요."

"손님은 인텔리시군요."

"하하하, 대학을 7년 동안이나 다녔으니까요."

운전사는 앞쪽에 줄줄이 늘어서 있는 차량 행렬을 바라보면서 가느다란 담배를 입에 물고, 라이터로 불을 붙였다. 박하 냄새가 차내에 감돌았다.

"하지만 정말로 흡혈귀가 있다면 어떻게 하시겠어요?"

"항복해버릴 겁니다."

"그뿐입니까?"

"왜, 안 됩니까?"

"안 되죠. 신념이라는 것은 훨씬 숭고한 겁니다. 산이 있다고 생각하면 산이 있는 것이고, 산이 없다고 생각하면 산은 없는 거지요."

어쩐지 도노반의 오래된 노래 같다.

"그런가요?"

"그렇습니다."

나는 불이 붙지 않은 담배를 입에 문 채 한숨을 쉬었다.

"그럼 당신은 흡혈귀의 존재를 믿나요?"

"믿습니다."

"왜요?"

"왜라뇨, 믿고 있기 때문이죠."

"실증할 수 있나요?"

"신념과 실증은 관계가 없습니다."

"그러고 보니 그렇군요."

나는 포기하고 아가씨의 블라우스 단추로 되돌아갔다. 한 개, 두 개, 세 개······.

"하지만 실증할 수 있습니다"라고 운전사가 말했다.

"정말요?"

"정말입니다."

"어떤 식으로요?"

"바로 제가 흡혈귀니까요."

우리는 잠시 동안 입을 다물고 있었다. 차는 아까부터 5미터 밖에는 전진하지 못했다. 비는 여전히 후드득 소리를 내고 있다. 요금 미터기는 이미 1,500엔을 넘어서고 있다.

"죄송하지만 라이터 좀 빌려주시겠어요?"

"좋습니다."

나는 운전사가 건네준 하얀색의 빅 라이터로 담배에 불을 붙이고, 사흘 만에 니코틴을 폐 속으로 흘려보냈다.

"교통 체증이 꽤 심하군요" 하고 운전사가 말했다.

"정말 그렇군요. 그런데 그 흡혈귀 얘긴데요" 하고 나는 말했다.

"네."

"정말 흡혈귀입니까?"

"그래요. 거짓말이라고 해도 할 수 없지만."

"그, 뭐냐, 언제부터 흡혈귀였나요?"

"벌써 9년쯤이 되나. 뮌헨 올림픽이 열렸던 해였으니까."

"시간이여 멈춰라. 너는 아름답다."

"그래요, 그래요. 그겁니다."

"질문 하나 더 해도 될까요?" 하고 나는 물었다.

"네, 좋아요."

"왜 택시 운전을 하고 있죠?"

택시를 탄 흡혈귀

"흡혈귀라는 개념에 얽매이고 싶지 않았기 때문입니다. 망토를 쓰거나 마차에 올라타거나, 성에서 산다고 하는 그런 건 싫거든요. 저는 세금도 제대로 내고 있고, 인감 등록도 돼 있어요. 디스코텍 같은 데 가기도 하고, 파친코도 합니다. 이상합니까?"

"아니, 별로 이상하진 않아요. 하지만 뭐랄까, 땡— 하고 감이 오진 않네요."

"손님은 믿지 않으시는군요?"

"예?"

"내가 흡혈귀라는 걸…… 믿지 않으시죠?"

"물론 믿어요. 산이 있다고 생각하면, 산은 있는 거죠" 하고 나는 당황해서 말했다.

"그럼 다행입니다만."

"그런데 가끔은 피를 빨아먹나요?"

"그야, 흡혈귀니까."

"하지만 피에도 맛있는 피와 맛없는 피가 있겠죠."

"그야 있죠. 손님 같은 사람은 글렀어요. 담배를 너무 많이 피우니까."

"한동안 금연하고 있었는데 역시 무리였나."

"피를 빨아먹으려 한다면 역시 아가씨가 좋아요. 뭐랄까, 착와 낳는 느낌이 난다고 할까요."

"알 것 같은 느낌입니다. 그런데 여배우라면 어떤 맛이 날까요?"

"기시모토 가요코는 맛있을 것 같아요. 마유키데라 기미에도 좋죠. 마음이 내키지 않는 건 모모이 가오리예요. 그 정도입니다."

"제대로 빨아먹을 수 있으면 좋겠네요."

"그렇군요."

십오 분 후에 우리는 헤어졌다. 나는 방문을 열고 전등을 켜고, 냉장고에서 맥주를 꺼내어 마셨다. 그리고 엇갈려 만나지 못한 아가씨에게 전화를 걸었다. 이야기를 듣고 보니, 엇갈린 데는 그럴 만한 이유가 분명히 있었다. 다 그런 것이다.

"저어, 그런데 네리마 지역 번호판이 붙은 검은색 택시는 당분간 타지 않는 게 좋을 것 같아."

"왜요?" 하고 그녀는 물었다.

"흡혈귀 운전사가 있으니까."

"그래요?"

"그래."

"걱정해주는 건가요?"

"물론."

"네리마 번호판의 검은색이죠?"

"응."

"정말 고마워요."

"천만의 말씀."

"잘 자요."

"잘 자."

그녀의 거리와 그녀의 면양

그녀의 마을을 찾아가는 일을 생각해본다. 그녀는 나를 위해

뭔가를 해줄지도 모른다. 하지만 결국 나는 그녀의 마을을

찾아가지는 않을 것이다. 나는 이미 너무나 많은 것을 버린

것이다.

삿포로 거리에 올해 들어 첫눈이 내리기 시작했다. 비가 눈으로 변하고, 눈이 다시 비로 바뀐다. 삿포로 거리에서 눈은 그다지 로맨틱한 존재가 아니라 평판이 안 좋은 친척 같아 보인다.

10월 23일. 금요일.

도쿄를 떠날 때는 티셔츠 차림이었다. 하네다에서 747기에 올라타, 워크맨으로 구십 분짜리 테이프 하나를 거의 다 들을 즈음에 나는 이미 눈 속에 있었다.

"뭐 그런 거야. 언제나 이맘때면 첫눈이 내리거든. 그리고 겨울이 오지"라고 친구는 말했다.

"무척 춥군."

"진짜 겨울은 아주, 아주, 아주 춥지."

우리는 고베 부근의 조그맣고 평온한 마을에서 자랐다. 우리의 집은 서로 50미터쯤 떨어져 있었고, 중학교와 고등학교도 줄곧 같은 곳을 다녔다. 함께 여행도 가고, 더블데이트도 했다. 술에 몹시 취해 둘이서 택시 문 밖으로 굴러떨어진 적도 있다. 고등학교를 졸업하고 나는 도쿄에 있는 대학으로 진학했고, 그는 홋카이도에 있는 대학에 진학했다. 그리고 나는 도쿄에서 태어난 동급생과 결혼했고, 그는 오타루에서 태어난 동급생과 결혼했다. 인생이란 건 그런 거다. 식물의 씨앗이 변덕스러운 바람에 날려 운반되듯이, 우리도 역시 우연이라는 대지를 목표도 없이 방황한다.

만일 그가 도쿄에 있는 대학에 진학하고, 내가 홋카이도에 있는 대학에 진학했다면 당연한 일이겠지만 우리의 인생도 판이하게 달라졌을 것이다. 어쩌면 나는 삿포로에 있는 여행사에서 근무하며 온 세계를 날아다니고, 그는 도쿄에서 작가가 되었을지도 모른다. 그러나 모태가 되는 우연이 이끄는 바에 따라 내가 소설을 쓰고, 그는 여행사에서 일하고 있다. 그리고 오리온자리는 오늘도 빛나고 있다.

그에게는 여섯 살짜리 아들이 있으며, 정기 승차권을 넣는 지갑에는 언제나 세 장의 사진이 들어 있다. 마루야마 동물원에서 양과 놀고 있는 호쿠토 군. 시치고산(七五三, 아이들 성장을 축하하는 행사─옮긴이) 때의 의상을 입은 호쿠토 군. 유원지의 로

켓에 올라탄 호쿠토 군. 나는 그 세 장의 사진을 세 번씩 들여다본 다음 그것을 그에게 돌려준다. 그리고 생맥주를 마시고 얼음 같은 루이베(해동시킨 생선회로 홋카이도의 대표적 요리 중 하나-옮긴이)를 집어든다.

"그런데 P는 어떻게 지내고 있나?" 하고 그가 묻는다.

"꽤 잘하고 있어"라고 나는 대답한다.

"지난번에 길에서 딱 마주쳤지. 마누라와 이혼하고 젊은 아가씨와 함께 지낸다더군."

"Q는 어때?"

"광고 대행사에서 일하고 있는데, 아주 끔찍한 광고 카피를 쓰고 있어."

"짐작이 가는군."

등등.

우리는 요금을 치르고 밖으로 나온다. 눈이 아직 내리고 있다.

"어때, 최근에 고베엔 갔다 왔나?" 하고 내가 묻는다.

"아니, 아무래도 너무 멀어서. 그쪽은?"라고 말하며 그는 고개를 젓는다.

"가지 않았어. 그리고 별로 갔다 오고 싶은 기분도 들지 않고."

"그래."

"거리도 꽤 많이 변한 것 같은데."

"그래."

십 분가량 어슬렁거리며 삿포로 거리를 걸어가고 있는 동안에 우리의 화제는 동이 나버린다. 그래서 나는 호텔로 돌아가고, 그는 방 세 개에 부엌 하나가 딸린 맨션으로 돌아산다.

"아, 건강하게 지내게."

"응, 그쪽이야말로."

그리고 전환기가 쾅 하고 소리를 낸다. 그리고 며칠인가 뒤에 우리는 다시 각자의 길을 걷기 시작한다. 내일이 되면 우리는 500킬로미터나 떨어진 각자의 거리에서 각자의 권태로움을 향해 목표 없는 싸움을 계속하고 있을 것이다.

호텔의 텔레비전은 지역 방송국의 홍보 프로그램을 방영하고 있었다. 나는 신발을 신은 채로 침대 커버 위에 드러누워, 룸서비스인 훈제연어샌드위치를 먹고 차가운 맥주를 목 안 깊숙이 흘려넣으면서 멍하니 화면을 바라보고 있었다.

화면 한가운데에는 감색 원피스를 입은 젊은 아가씨 한 명이 오도카니 서 있었다. 텔레비전 카메라는 정지한 채로 그녀의 허리 위쪽을, 참을성 많은 육식동물 같은 시선으로 조용히 붙들고 있었다. 앵글의 이동도 없고, 전진이나 후퇴도 없다. 그것은 마치 예전의 누벨바그(1958년경부터 프랑스 영화계에 나타난 경향. 대담한 행동의 추구와 자유분방한 섹스의 묘사 등이 특징이다-옮긴이) 영화와 같은 느낌이었다.

"저는 R 읍사무소 홍보과에 근무하고 있습니다"라고 그녀는 말했다. 그녀의 말투에는 사투리가 약간 섞여 있고, 목소리는 긴장한 탓인지 부들부들 떨리고 있었다. "R읍은 인구 7,500명의 작은 마을입니다. 그다지 유명하지도 않아서 어쩌면 여러분께서 아시지 못할지도 모르겠습니다."

"유감스럽게도"라고 나는 말했다.

"마을의 주된 산업은 농업과 낙농업입니다. 그 중심은 뭐라 해도 벼농사입니다만, 최근의 감산정책에 따라 보리나 근교의 야채 재배로의 이행이 급격히 진행되고 있습니다. 또 마을 외곽에는 마을에서 운영하는 목장이 있는데, 그곳에서는 약 200마리의 소와 100마리의 말, 그리고 100마리의 면양이 사육되고 있습니다. 마을에서는 현재 축산 확대를 진행하고 있으니, 앞으로 3년 내에 그 수가 크게 불어날 겁니다."

그녀는 미인은 아니었다. 나이는 스무 살 전후로 도수가 높은 금속테 안경을 쓰고, 고장 난 냉장고처럼 딱딱하게 굳은 미소를 입가에 띠고 있었다. 그래도 그녀는 멋있었다. 누벨바그식 텔레비전 카메라는 그녀의 가장 멋진 부분을 가장 멋진 상태로 비쳐주고 있었다. 우리가 모두 텔레비전 카메라 앞에서 십 분씩 이야기를 할 수 있다면, 세계는 훨씬 더 멋진 곳이 될 것이라는 느낌이 들었다.

"메이지 시대 중반에는 이 R읍의 가까운 곳을 흐르는 R강에서 사금砂金이 발견되어 일대 사금 붐이 일었던 적이 있습니다. 그러나 사금이 다 채취되자 붐도 사라지고, 이제는 몇 개 남은 작은 건물의 흔적과 산을 넘어가는 작은 길만이 당시의 모습을 그리게 하고 있습니다."

나는 마지막 남은 훈제연어샌드위치 조각을 먹고, 맥주를 단숨에 마셔버렸다.

"마을은…… 에헴…… 마을의 인구는 몇 년 전까지는 1만 명이 넘었습니다만, 최근에는 이농에 따른 인구 감소가 두드러지고, 젊은이들의 도회지로의 유출이 문제가 되고 있습니다. 저의 동급생들도 이미 절반 이상이 이 마을을 떠나버렸습니다. 그러나 물론 한편으로는 마을에 남아 열심히 일하고 있는 사람들도 있습니다."

그녀는 마치 미래를 비쳐주는 거울이라도 들여다보는 것처럼 카메라 렌즈의 한가운데를 응시한 채 이야기를 계속했다. 그녀의 눈은 텔레비전 브라운관을 통해 물끄러미 나를 바라보고 있었다. 나는 두 개째의 캔 맥주를 냉장고에서 꺼내어 마개를 따서 한 모금 마셨다.

그녀의 마을.

나는 그녀의 마을 모습을 상상할 수 있었다. 하루에 여덟 번밖에는 열차가 서지 않는 역, 스토브가 있는 대합실, 으스스 추워 보이는 작은 로터리, 글자가 지워져 절반도 읽을 수 없게 되어버린 마을 안내도, 금잔화가 심어진 화단과 마가목 가로수, 삶에 지치고 지쳐 더러워진 흰둥이 개, 매우 넓고 큰 길, 자위대원 모집 포스터, 3층 건물의 잡화 상점, 학생복과 두통약 간판, 작은 여관 한 곳, 농업협동조합과 임업센터와 축산진흥회 건물, 그리고 목욕탕 굴뚝 하나만이 오도카니 잿빛 하늘을 향해 서 있다. 큰길 끝을 왼쪽으로 꺾어들어 두 갈래로 갈라지는 곳에 읍사무소가 있고, 그 안의 홍보과에 그녀가 앉아 있다. 작고 지루한 마을이다. 1년 중 절반 가까이는 눈으로 덮여 있다. 그녀는 그 마을을 위해 홍보용 원고를 쓰고 있다. '오는 모 월 모 일에 면양 소독을 위한 약을 배포합니다. 희망하시는 분은 모 월 모 일까지 소정의 신청 용지에 기입하신 다음⋯⋯.'

삿포로에 있는 호텔의 작은 방에서, 나와 그녀의 인생이 불현듯 서로 접촉하고 있다. 그러나 거기에는 무언가가 빠져 있다. 호텔의 침대에서는 시간이 마치 빌려 온 양복처럼 몸에 딱 맞지 않는다. 무딘 도끼날이 내 발밑의 로프를 계속 두들기고 있다. 로프가 끊어져버리면 나는 어디로도 돌아갈 수가 없다. 그게 나를 불안하게 만드는 것이다.

아니, 물론 로프는 끊어지거나 하지는 않는다. 맥주를 약간 많이 마셨기 때문에, 그러한 느낌이 드는 것뿐이다. 그리고 아마도 창밖에 흩날리고 있는 눈 때문이기도 할 것이다. 나는 발밑의 로프를 더듬어 리얼리티의 어두운 날개 밑으로 되돌아간다. 나의 거리 그리고 그녀의 면양.

그녀의 면양들이 소독을 위한 약을 손에 넣을 무렵, 나는 나의 거리에서 나의 면양들을 위해 겨울 준비를 하고 있을 것이다. 마른풀을 모으고, 탱크에 등유를 담고, 눈보라에 대비해 창틀을 수리한다. 겨울은 이미 그곳까지 다가와 있는 것이다.

"이것이 저의 마을입니다" 하고 그녀는 이야기를 계속한다.

"이렇다 할 특색도 없는 작은 마을이지만, 어쨌든 저의 마을입니다. 만일 기회가 있다면 마을을 찾아주십시오. 당신을 위해 우리가 할 수 있는 일이 뭔가 있을지도 모르니까요."

그리고 그녀의 모습은 화면에서 사라진다.

나는 머리맡의 스위치를 눌러 텔레비전을 끄고 남아 있는 맥주를 마신다. 그리고 그녀의 마을을 찾아가는 일을 생각해본다. 그녀는 나를 위해 뭔가를 해줄지도 모른다. 하지만 결국 나는 그녀의 마을을 찾아가지는 않을 것이다. 나는 이미 너무나 많은 것을 버린 것이다.

밖에서는 눈이 계속 내리고 있다. 그리고 100마리의 면양은 어둠 속에서 가만히 눈을 감고 있다.

강치축제

"우리가 지향하고 있는 것은 강치르네상스입니다. 그것은 강
치에게 있어서의 르네상스임과 동시에 세계에 있어서도 르
네상스가 되어야 하는 것입니다."

강치가 찾아온 것은 오후 한 시였다.

나는 마침 간단한 점심 식사를 끝내고 담배를 한 대 피우고 있던 참이었다. 현관 벨이 딩동 하고 울려 내가 문을 열자, 거기에 강치가 서 있었다. 별다른 특징이 있는 강치는 아니었다. 극히 보통의, 어디에나 있는 평범한 강치다. 선글라스를 끼고 있는 것도 아니고, 브룩스 브라더스의 스리피스를 입고 있는 것도 아니다. 강치라는 동물은 뭐랄까 옛날 중국인처럼 보인다.

"처음 뵙겠습니다. 바쁘신데 방해가 되지는 않았나요?"라고 그 강치는 말했다.

"아니, 별로 바쁜 건 아닙니다" 하고 나는 당황해서 말했다. 강치에게는 어딘지 모르게 무방비한 구석이 있어서 그것이 나를 필요 이상으로 당황하게 한 것이다. 언제나 그렇다. 언제나…… 어떤 강치라도.

"만일 폐가 되지 않으신다면, 십 분만 시간을 내주시면 대단히 감사하겠습니다만."

나는 반사적으로 손목시계를 들여다보았다. 하지만 사실은 시계를 들여다볼 필요 따위는 하나도 없었다.

"그다지 시간은 걸리지 않습니다만" 하고 강치는 나의 마음을 꿰뚫어 본 듯 정중하게 덧붙였다.

나는 뭐가 뭔지 잘 알지도 못한 채 강치를 방으로 들어오게 하고 차가운 보리차를 컵에 따라 내놓았다.

"아니, 제발 신경 쓰지 마세요. 곧 돌아갈 테니까요" 하고 강치는 말했다.

그러면서도 강치는 맛있다는 듯이 보리차를 절반쯤 마시고, 주머니에서 하이라이트를 꺼내어 라이터로 불을 붙였다.

"더운 날이 계속되는군요."

"그렇군요."

"그래도 아침저녁은 그런대로 지낼 만해요."

"네, 그래도 9월이니까요."

"하지만 뭐냐, 고교 야구도 끝나버렸고, 프로 야구도 요미우리의 우승이 결정된 거나 다름없고, 뭔가 흥미 있는 일이 일어나지 않는군요."

"음, 그건 그렇군요."

강치는 세상 물정에 밝은 것처럼 고개를 끄덕이고는 방을 빙 둘러보았다.

"실례지만 혼자 사십니까?"

"아뇨, 아내가 잠시 여행을 떠났습니다."

"호오, 부부가 따로따로 휴가를 간다. 그거 꽤 바람직한 일이군요."

강치는 그렇게 말하고, 즐거운 듯이 쿡쿡 웃었다.

요컨대, 모든 건 내 책임인 것이다. 설령 아무리 술에 취했어도, 신주쿠의 바에서 옆에 앉은 강치에게 명함 따위를 건네줘서는 안 되었던 것이다. 누구라도 그런 것쯤은 알고 있다. 그러므로 누구도(눈치가 빠른 인간이라) 강치에게 명함을 건네주거나 하지 않는다.

오해를 받으면 아주 곤란하지만 나는 결코 강치라는 동물을 개인적으로 혐오하지는 않는다. 오히려 강치에게는 뭔가 미워할 수 없는 점이 있다고까지 생각하고 있다. 물론 나에게 누이동생이 있어 어느 날 갑자기 강치와 결혼하겠다는 말을 꺼내면 조금 당황해 한 번 더 잘 생각해보라고 충고를 할지도 모르지만, 그렇다고 해서 강력히 반대하는 일은 없으리라고 생각한다. 서로 사랑하면 되는 것 아니냐, 결국은 그렇게 말하게 될 것이다. 그 정도다.

그러나 강치의 손으로 넘어간 명함에 대해 말하면 이것은 별개 문제다. 잘 아시다시피 강치라는 동물은 광대한 상징성의 바다 속에 살고 있다. A는 B의 상징이고, B는 C의 상징이고, C는 전체로서의 A와 B의 상징이 된다고 하는 경우다. 강치의 공동체는 이러한 상징성의 피라미드, 혹은 혼돈 위에 성립하고 있다. 그리고 그 정점 또는 중심에 위치하는 것이 명함인 것이다.

따라서 강치의 가방 속에는 항상 두꺼운 명함집이 들어 있고, 그 두께가 강치의 공동체 내에서의 지위를 상징하는 것이다. 어떤 종류의 새가 유리구슬을 모으는 것과 똑같은 이치다.

"제 친구가 며칠 전에 명함을 받았다던데요" 하고 강치는 말했다.

"아, 그런가? 술에 잔뜩 취해 있었기 때문에 잘 기억이 나지 않는데요" 하고 나는 시치미를 뗐다.

"그래도 본인은 무척 기뻐했습니다."

나는 적당히 얼버무리고 보리차를 마셨다.

"저, 이처럼 갑자기 찾아뵙고 부탁을 드리는 것도 정말 괴로운 일입니다만, 이것도 명함이 맺어준 인연인 듯해서……."

"부탁인가요?"

"네, 대수롭지 않은 일입니다. 말하자면 강치라는 존재에 대한 선생님의 상징적인 원조를 받을 수 있으면…… 하는 정도의 부탁입니다."

강치라는 동물은 상대방을 대개 선생님이라고 부른다.

"상징적인 원조요?"

"소개가 늦었습니다"라고 말하며 강치는 가방 속에서 바스락거리며 명함을 꺼내어 나에게 내밀었다.

"이러한 일을 하고 있습니다."

"강치축제 실행위원장" 하고 나는 직함을 읽었다.

"강치축제에 대해서는 말씀을 들으셨을 걸로 생각합니다만……."

"에에, 뭐 그냥, 이야기 정도야 전부터……"라고 나는 말했다.

"강치축제는 강치들에게 있어서는 지극히 중대한, 어떤 의미에서는 상징적인 이벤트입니다. 아니, 강치뿐만 아니라 세계에 있어서도. 이렇게 바꿔 말해도 괜찮겠습니까?"

"네."

"결국 강치라는 존재는 오늘날에 있어서는 지극히 미미한 존재라고 생각됩니다. 그러나— 그러나 말입니다."

강치는 거기서 효과적으로 말을 끊고는 연기가 나는 담배를

71

재떨이에 비벼 껐다.

"그러나 강치는 세계를 구성하는 정신성이 있는 종족의 인자를 확실히 보유하고 있습니다."

"아니, 그 이야기는……."

"우리가 지향하고 있는 것은 강치르네상스입니다. 그것은 강치에게 있어서의 르네상스임과 동시에 세계에 있어서도 르네상스가 되어야 하는 것입니다. 그러니까 우리는 지금까지는 극도로 폐쇄적이었던 강치축제를 근본적으로 변혁해서 세계를 향해 메시지, 혹은 발판으로서의 강치축제로 만들고자 하는 겁니다."

"무슨 말씀인지 잘 알겠습니다. 그러면 구체적으로……" 하고 나는 말했다.

"축제라는 것은 어디까지나 축제에 지나지 않습니다. 화려하긴 하지만 그것은 소위 연속한 행위의 하나의 귀결인 것뿐입니다. 진정한 의미는, 즉 우리의 아이덴티티로서의 강치성을 확보하는 작업은 바로 이 행위의 연속성 안에 있는 것입니다. 축제는 어디까지나 그 추인행위에 지나지 않는 것입니다."

"추인행위?"

"장대한 데자뷔 말입니다."

나는 무슨 소리인지 잘 알지도 못한 채 고개를 끄덕였다. 전형적인 강치 레토릭이다. 강치는 언제나 이런 식으로 이야기를 한다. 아무튼 강치는 떠들고 싶은 만큼 떠들도록 놔둬야 한다. 특별히 그들에게 악의가 있기 때문이 아니라 그저 떠들고 싶어 하는 것뿐이니까.

결국 강치가 떠들기를 끝낸 것은 두 시 반을 조금 넘기고 나서였고 나는 피로하여 녹초가 되어버렸다.

"말씀드리자면 이러한 것입니다만."

그렇게 말하고 강치는 태연하게 미지근해진 보리차를 마저 다 마셨다.

"대체적인 내용은 이해가 되셨습니까?"

"요약하자면 기부금을 모으시는 거군요?"

"정신적인 원조입니다"라고 강치는 정정했다.

나는 지갑에서 1,000엔짜리 지폐 두 장을 꺼내어 강치 앞에 놓았다.

"적어서 죄송합니다만, 지금 이것밖에 없습니다. 아침에 보험료와 신문 구독료를 내버렸기 때문에."

"아닙니다. 아닙니다" 하고 강치는 얼굴 앞에서 손을 내저었다.

"정말 마음만으로도 감사합니다."

강치가 돌아간 뒤에는, 《강치회보》라는 얇은 기관지와 강치 바펜(코트의 가슴이나 팔 따위에 다는 헝겊 휘장, 또는 이것을 본뜬 스티커 —옮긴이)이 남겨져 있었다. 바펜에는 강치 그림과 "메타포로서의 강치"라는 문구가 인쇄되어 있었다. 나는 그 바펜을 어떻게 처리할까 망설이다 미침 부근에 주차 위반을 하고 있던 빨간색 셀리카의 앞 유리창 한가운데에 붙여두었다. 대단히 강력한 바펜이었으므로 떼어내는 데 애를 먹을 것이다.

거울

거기엔 내가 있었어. 다시 말해서— 거울이었지. 다른 게 아

니라 거기에 내 모습이 비치고 있는 것뿐이었어.

아까부터 자네들의 체험담을 계속 듣고 있자니까 말이지, 그런 유형의 이야기엔 몇 가지 패턴이 있지 않을까 하는 느낌이 들거든. 우선 한 가지는 이쪽에 삶의 세계가 있고, 저쪽에 죽음의 세계가 있어서 그것이 교차한다는 형식의 이야기란 말이지. 예를 들어 유령이라든가 하는 것. 그리고 또 한 가지는 3차원적인 상식을 넘어선 어떤 종류의 현상이나 능력이 존재한다는 것이지. 다시 말해서 예지라든가 불길한 예감이라든가 하는 거 말이야. 크게 나누면 그 두 가지로 분류할 수 있지 않을까 싶어.

그래, 그러한 것을 종합해보면 말이야, 모두가 어느 쪽인가 한쪽 분야만을 집중해서 경험하고 있지 않나 하는 느낌이 든단 말이지. 결국 말이지, 유령을 보았다는 사람은 흔히 유령은 보지만 불길한 예감을 느끼는 경우는 거의 없는 것 같고, 불길한 예감을 자주 느끼는 사람에게 유령 따위는 보이지 않는다 말이지. 왜 그런지는 잘 몰라도, 그러한 것에 대한 개인적인 경향이라는 게 아무래도 있는 것 같단 말이야. 나는 그렇게 생각해.

그리고 물론 어느 분야에도 들어맞지 않는 사람도 있지. 예를 들면 내가 그렇지. 나는 이미 서른 몇 해를 살고 있지만 유령 같은 건 한 번도 본 적이 없어. 예지몽豫知夢이라든가 불길한 예감이라든가, 그런 것도 없어.

두 친구와 함께 엘리베이터를 탔는데, 그들은 유령이 보인다고 하는데도 난 전혀 알아채지 못한 적도 있어. 두 사람 다 회색 옷을 입은 여자가 내 곁에 서 있었다고 했지만, 여자 같은 건 절대로 타고 있지 않았단 말이야. 우리 세 사람뿐이었어. 거짓말이 아니야. 게다가 그 두 사람도 일부러 나를 놀리거나 할 친구는 아니야. 뭐, 그건 그대로 굉장히 기분 나쁜 체험이었지만 그렇다곤 해도 내가 유령을 보지 않았다는 점에는 변화가 없지.

어쨌든 그런 거야. 유령은 보지 못하며, 초능력도 없어. 뭐랄까, 실로 산문적散文的인 인생이라고나 할까.

하지만 딱 한 번, 단지 딱 한 번, 마음속으로부터 무섭다고 생각한 적이 있어. 벌써 10년도 더 지난 이야기지만 지금까지 누구한테도 이야기한 적은 없지. 입 밖에 내는 것조차 무서웠던 거야. 입 밖에 내기만 하면 똑같은 일이 다시 일어나는 게 아닐까 하는 느낌이 들었지. 그래서 줄곧 잠자코 있었어. 하지만 오늘 밤은 모두들 차례대로 각자의 무서운 체험담을 들려준 셈이니, 주최자인 내가 마지막으로 아무 이야기도 하지 않고 자리를 끝낼 수는 없지. 그래서 나도 이야기를 하기로 한 거야.

아니야, 됐어. 박수는 그만두라고. 그렇게 대단한 이야기가 아니니까.

앞에서도 말한 것처럼 유령도 나오지 않으며, 초능력도 아니야. 내가 생각하고 있는 것만큼 무서운 이야기가 아니고, 아니 그게 뭐야 하는 식이 되어버릴지도 몰라. 뭐, 그래도 좋아. 아무튼 이야기하겠어.

내가 고등학교를 졸업한 건 60년대 말, 예의 일련의 분쟁이 한창이던 시절로 입만 열었다 하면 체제 타파라고 떠들던 시대였지. 나도 그런 물결에 휩쓸렸던 한 사람으로 대학 진학을 거부하고 몇 년간 육체노동을 하면서 일본 각지를 방황했었어. 그런 것이 올바른 생활방식이라고 생각했었지. 응, 사실 여러 가지 일을 했어. 위험한 일도 여러 번 했지. 뭐, 젊은 놈의 패기랄까. 하지만 이제 와서 생각해보니 재미있는 생활이었지. 인생을 다시 한 번 고쳐 산다고 해도, 아마 똑같은 일을 하고 있을 거라는 말이야.

  방랑 2년째의 가을에, 난 두 달쯤 중학교 야간 경비를 했어. 니가타의 조그만 마을에 있는 어느 중학교에서. 나는 마침 여름 동안 꽤 고되게 일했던 탓으로, 조금은 느긋하게 지내고 싶었지. 어쨌든 야간 경비라는 건 쉬운 일 아닌가. 낮에는 숙직실에서 잠이나 자다가, 밤이 되면 학교 건물 전체를 두 번 점검만 하면 되거든. 그 이외는 음악실에서 레코드를 듣거나, 도서관에서 책을 읽거나, 체육관에서 혼자 농구를 하거나 했지. 밤중에 학교에서 혼자 있는 것도 그다지 나쁘지 않았어. 아니, 조금도 겁나거나 하지 않았어. 그래, 열여덟, 열아홉 시절에는 겁이란 걸 모를 때 아닌가.

  자네들은 중학교 야간 경비 같은 건 해본 적이 없을 테니까 순서를 일단 설명하자면, 순찰은 아홉 시와 세 시에 한 번씩 하는 거야. 그런 식으로 정해져 있어. 학교 건물은 꽤 새것인 3층 콘크리트 건물로, 교실 수는 열여덟 개에서 스무 개로 그리 큰 학교는 아니었어. 거기에 음악실이나 재봉실이나 미술실, 거기다 직원실과 교장실 같은 것이 있었지. 학교 건물 이외엔 급식실과 수영장과 체육관과 강당이 있었어. 그런 것들을 대

거울

충 둘러보는 거야.

둘러보며 점검해야 하는 데는 스무 곳쯤 되는데, 걸어가면서 일일이 확인하고 볼펜으로 OK 사인을 용지에 써넣는 거야. 직원실—OK, 실험실—OK, 이런 식으로. 물론 숙직실에서 빈둥거리면서 OK, OK 하고 써버릴 수도 있지. 하지만 그렇게까지 농땡이를 부리진 않았어. 왜냐하면 순찰을 돈다는 게 그리 대단한 수고도 아니고 또 이상한 놈이 침입한다고 하면 잠결에 습격을 당하는 건 이쪽이니깐 말이야.

그래서 아홉 시와 세 시에 나는 대형 회중전등과 목검을 들고 학교 안을 돌았지. 왼손엔 회중전등, 오른손엔 목검을 들고. 나는 고등학교 때 검도를 했으니까 팔 힘에는 자신이 있어. 상대방이 일반인이라면 진검인 일본도日本刀를 갖고 있어도 별로 무섭지 않았어, 그때는. 물론 지금이라면 당장 부리나케 도망치겠지.

10월의 바람이 드세게 불던 밤이었어. 춥지는 않았어. 어느 쪽이냐 하면 오히려 더운 편이었지. 저녁쯤부터 모기가 들끓어 모기향을 두 개 피웠던 게 기억나. 바람이 계속 윙윙 소리를 내고 있었지. 마침 수영장의 칸막이 문이 망가졌었는데, 그것이 바람에 흔들리면서 덜컹덜컹 시끄러웠어. 고쳐놓을까 했지만, 어두워서 고칠 수도 없었어. 그래서 밤새 덜컹거렸지.

아홉 시에 순찰을 돌 땐 아무 일도 없었어. 스무 곳의 점검 장소는 전부 OK였어. 열쇠는 제대로 걸려 있었고 모든 것이 어김없이 제자리에 있었지. 이상한 건 아무것도 없었어. 나는 숙직실로 되돌아와 자명종을 세 시에 맞춰놓고 깊이 잠들었어.

세 시에 시계 벨이 울렸을 때, 뭔가 굉장히 이상한 느낌이 들었어. 제대로 설명할 수는 없지만 정말 이상한 기분이었어. 구체적으로 말하면 일어나고 싶지 않은 거야. 일어나려고 하는 나의 의지를 몸이 눌러 막는 것 같은 느낌. 나는 잠자리에서 쉽게 일어나기 때문에 그런 일은 있을 수 없지. 그래서 억지로 일어나 순찰 돌 준비를 했지. 칸막이 문의 덜컹거리는 소리는 여전히 계속되고 있었어. 그런데 말이야, 그 소리가 아까와는 뭔가 다른 듯한 느낌이 드는 거야. 신경 탓이라고 말하면 그만이겠지만 어째 익숙하지가 않더란 말이야. 싫다, 순찰하고 싶지 않은데, 그렇게 느꼈어. 하지만 역시 마음을 다져먹고 가기로 했지. 글쎄, 그런 일은 한번 얼렁뚱땅해버리면 그다음엔 몇 번이고 얼렁뚱땅하게 되니까 말이야. 나는 회중전등과 목검을 들고 사무실을 나왔어.

으스스한 밤이었지. 바람은 더욱 드세어지고, 공기는 점점 더 축축해져갔어. 살갗이 따끔따끔했고 정신이 잘 집중되지 않았어. 우선 맨 먼저 체육관과 강당과 수영장을 순찰했지. 어

거울

느 곳이나 OK였어. 문짝은 머리가 돈 인간이 머리를 흔들거나 끄덕이는 것처럼 덜컹거리며 열렸다 닫혔다 하고 있었어. 무척 불규칙하게. 응, 응, 아니야, 응, 아니야, 아니야, 아니야…… 라고 말하는 것 같은 느낌이었지. 좀 이상한 비유지만, 그땐 진짜 그렇게 느꼈단 말이야.

학교 건물 내부에도 별 이상은 없었지. 여느 때나 다름없이. 대충 돌아보고 점검 장소 보고 용지에 전부 OK 사인을 했어. 결국 아무 일도 일어나지 않았어. 그래서 나는 안심하고 숙직실로 돌아오려고 했지. 마지막 점검 장소는 급식실 옆에 있는 보일러실인데 거긴 건물 동쪽 끝에 있어. 숙직실은 서쪽 끝에 있고. 그래서 항상 나는 1층의 긴 복도를 걸어서 숙직실로 돌아오게 되어 있었지. 물론 아주 캄캄했어. 달이 떠 있으면 약간은 빛이 들어오지만, 그렇지 않으면 아무것도 보이지 않지. 회중전등으로 약간 앞쪽을 비추면서 걸어가곤 했지. 그날 밤은 태풍이 근접해 있어서 물론 달 같은 건 뜨지 않았어. 어쩌다가 잠깐씩 구름이 걷혀도 이내 다시 캄캄해지고 말았거든.

그날 밤은 평소보다 빠른 걸음으로 복도를 걸었어. 농구화의 고무 밑창이 리놀륨 위에서 찌익찌익 소리를 냈지. 녹색 리놀륨이 깔린 복도였어. 지금도 기억나는군.

그 복도의 한가운데쯤에 학교 현관이 있었는데, 그곳을 지나칠 때 갑자기 '으악!' 하는 느낌이 들지 않겠나. 칠흑 같은 어둠 속에서 무슨 형체가 보인 것 같은 느낌이 들었던 거야. 겨드랑이 밑이 서늘했어. 나는 목검을 고쳐 쥐고 그쪽을 향해 돌아섰지. 그러고는 그쪽으로 회중전등 불빛을 번쩍 하고 비추었어. 신발장 옆의 벽 언저리로.

기기엔 내가 있었어. 다시 말해서— 거울이었지. 다른 게 아니라 거기에 내 모습이 비치고 있는 것뿐이었어. 어젯밤까지만 해도 그런 곳에 거울 같은 건 없었는데 어느 틈엔지 걸려 있더란 말이야. 그래서 내가 깜짝 놀랄 수밖에. 나는 안도의 한숨을 내쉬는 것과 동시에 어이없다는 느낌이 들었어. 뭐야, 시시하게, 하고 생각했지. 그래서 거울 앞에 선 채로 회중전등을 아래에 내려놓고 주머니에서 담배를 꺼내 불을 붙였어. 그러고는 거울에 비친 내 모습을 바라보면서 한 모금 빨았지. 창문에서 아주 희미하게 가로등 불빛이 새어들어와 거울 속도 비추고 있었어. 등 뒤로는 덜컹거리는 수영장 칸막이 문소리가 들려왔고.

담배를 세 모금 정도 빨고 나서 갑자기 기묘한 사실을 깨달았어. 즉 거울 속의 형상이 내가 아니라는. 아니지, 겉모습으로는 완전히 나였지, 그건 틀림없어. 하지만 그건 절대 내가 아니었어. 나는 그걸 본능적으로 알았어. 아니지, 틀렸어. 정확히 말하면 그건 물론 나였어. 하지만 그건 나 이외의 나였단 말이야. 그것은 내가 그렇게 존재할 수 없는 형태로서의 나였 단 말일세.

제대로 설명할 수가 없군.

하지만 그때 단 한 가지 내가 이해할 수 있었던 것은 상대방 이 마음속으로부터 나를 증오하고 있다는 거였어. 마치 어두 운 빙산과도 같은 증오였지. 그 누구도 치유할 수 없는 증오 말이야. 나로선 그것만을 이해할 수 있을 따름이었어.

나는 그곳에서 한동안 꼼짝 못하고 멍하니 서 있었어. 담배 가 손가락 사이로부터 바닥에 떨어졌어. 거울 속의 담배도 바 닥에 떨어졌지. 우리는 똑같이 서로의 모습을 바라보고 있었 어. 나의 몸은 쇠사슬에 묶인 것처럼 꼼짝도 하지 못했어.

이윽고 그 녀석의 손이 움직이기 시작했어. 오른손 손가락 끝이 천천히 턱을 만지고, 그러고는 조금씩 조금씩 마치 벌레 처럼 얼굴을 기어올라갔어. 정신을 차려보니 나도 똑같은 짓 을 하고 있었지. 마치 내 쪽이 거울 속에 비친 형상인 것처럼. 즉 그 녀석 쪽이 나를 지배하려고 했던 거야.

나는 그때 젖 먹던 힘까지 쥐어짜내 소리를 질렀지. "우오 오"랄까 "구오오"랄까, 그런 소리였어. 그러자 쇠사슬이 아주 조금 느슨해졌어. 그래서 나는 거울을 향해 목검을 있는 힘껏 던졌어. 거울 깨지는 소리가 났지. 나는 뒤도 돌아보지 않고 달려서 방 안으로 뛰어들어 방문 열쇠를 걸고 이불을 뒤집어 썼어. 수영장의 칸막이 문짝 소리는 아침까지 쭉 계속되었지. 응, 응, 아니야, 응, 아니야, 아니야, 아니야…… 그런 식으로.

이런 이야기의 결말은 이미 알고 있을 거라고 생각되지만, 물론 거울 같은 건 처음부터 없었던 거야. 그런 건 없었지. 현관의 신발장 옆에 거울이 달려 있었던 적은 한 번도 없었어. 그랬단 말일세.

이런 경위로 나는 유령 같은 것은 보지 못했어. 내가 본 것은 단지 나 자신이야. 하지만 나는 그날 밤에 맛봤던 공포만은 아직도 잊을 수가 없네.

그런데 자네들은 이 집에 거울이 하나도 없다는 걸 벌써 눈치챘군그래. 거울을 보지 않고 수염을 깎을 수 있게 되려면 꽤 시간이 걸린다고, 정말이야.

1963／1982년의 이파네마 아가씨

1963／1982년의 이파네마 아가씨는 형이상학적인 뜨거운
백사장을 소리도 없이 걸어가고 있다. 아주 기다란 백사장으
로, 그곳에는 잔잔하고 하얀 파도가 부딪쳐 들고 있다.

날씬하고 구릿빛 피부의

젊고 아리따운 이파네마 아가씨

걸어가네.

걸음걸이는 삼바 리듬

멋지게 흔들며

부드럽게 하늘거리네.

좋아한다 말하고 싶지만

내 마음을 바치고 싶지만

그녀는 내게 아는 체도 않네.

그저 바다만 바라보고 있을 뿐.

1963년, 이파네마 아가씨는 이런 상태로 바다를 바라보고 있었다. 그리고 지금, 1982년의 이파네마 아가씨도 역시 똑같이 바다를 바라보고 있다. 그녀는 그때부터 나이를 먹지 않는 것이다. 그녀는 이미지 속에 봉인된 채, 시간의 바다 속을 조용히 떠돌고 있다. 만일 나이를 먹었다면 그녀는 이제 그럭저럭 마흔 살 가까이 되었을 것이다. 물론 그렇지 않을 수도 있을 테지만, 그녀는 더 이상 날씬하지도 않을 테고, 선탠을 그다지 질하지도 않았을 것이다. 그녀에게는 이미 어린애가 셋이나 있고, 햇볕은 피부를 상하게 할 것이다. 물론 아직도 예쁠지는 모르지만, 20년 전만큼 젊지는 않을 것이다.

그러나 레코드 속에서는 그녀는 나이를 먹지 않는다. 스탠 게츠의 벨벳과도 같은 테너 색소폰의 선율 속에서는 그녀는 언제나 열여덟 살이며 상큼하고 부드러운 이파네마 아가씨다. 내가 턴테이블에 레코드를 걸고 바늘을 내려놓으면 그녀는 곧 자태를 드러낸다.

좋아한다 말하고 싶지만
내 마음을 바치고 싶지만……

이 곡을 들을 때마다 나는 고등학교의 복도를 떠올린다. 어둡고 약간 습기 찬 고등학교의 복도. 천장이 높고, 콘크리트 바닥을 걸어가면 뚜벅뚜벅하는 소리가 메아리친다. 북쪽으로 몇 개의 창문이 나 있지만, 바로 옆까지 산이 다가와 있었기 때문에 복도는 언제나 어둡다. 그리고 대개는 조용하다. 적어도 내 기억 속의 복도는 언제나 조용하다.

왜 〈이파네마 아가씨〉를 들을 때마다 고등학교의 복도를 생각하게 되는지, 나도 잘 알 수가 없다. 연관성 같은 건 전혀 없다. 도대체 1963년의 이파네마 아가씨는 내 의식의 우물 속에 어떤 돌멩이를 던져넣었던 것일까?

고등학교의 복도라고 말하면, 나는 콤비네이션 샐러드를 떠올린다. 양상추와 토마토와 오이와 피망, 아스파라거스, 고리 모양으로 둥글게 썬 양파, 그리고 핑크색의 사우전드아일랜드 드레싱. 물론 고등학교 복도의 막다른 곳에 샐러드 전문점이 있는 건 아니다. 고등학교 복도의 막다른 곳에는 문이 있고, 문밖에는 별로 눈에 띄지 않는 25미터짜리 수영장이 있을 뿐이었다.

어째서 고등학교의 복도가 나에게 콤비네이션 샐러드를 떠올리게 하는 것일까? 여기에도 역시 연관성은 없다.

콤비네이션 샐러드가 나에게 연상시키는 것은 예전에 잠깐 알고 지내던 아가씨다.

하지만 이 연상은 아주 제대로 이치에 닿는다. 왜냐하면 그녀는 언제나 야채샐러드만 먹었기 때문이다.

"이제…… 아삭아삭…… 엉어 리포트…… 아삭아삭…… 끝냈어요?"

"아삭아삭…… 아니, 아직…… 아삭아삭…… 약간…… 아삭아삭…… 남아 있는데."

나도 채소를 꽤 좋아하는 편이라, 그녀를 만나면 그런 식으로 야채만 먹었다. 그녀는 이른바 신념을 가진 사람으로, 채소를 균형 있게 먹기만 하면 모든 게 잘되어나갈 것이라고 믿고 있었다. 사람들이 채소를 먹고 있는 한 세계는 아름답고 평화로우며, 건강하고 사랑으로 가득 찰 것이라고 말이다. 뭔가 《딸기 백서白書》 같은 이야기다.

"옛날 옛적에 물질과 기억이 형이상학적 심연에 의해 분리되었던 시대가 있었다"라고 어느 철학자가 썼다.

1963/1982년의 이파네마 아가씨는 형이상학적인 뜨거운 백사장을 소리도 없이 걸어가고 있다. 아주 기다란 백사장으로, 그곳에는 잔잔하고 하얀 파도가 부딪쳐 들고 있다. 바람은 전혀 없다. 수평선 위에는 아무것도 보이지 않는다. 바다 냄새가 난다. 햇볕은 매우 뜨겁다.

나는 비치파라솔 아래에 드러누워 아이스박스에서 캔 맥주를 꺼내어 뚜껑을 딴다. 벌써 몇 개째 마셨을까? 다섯 개, 여섯 개? 뭐 됐다. 어차피 곧 땀이 되어 나와버릴 건데 뭘.

그녀는 아직도 걷고 있다. 햇볕에 그을린 그녀의 늘씬한 몸에는 원색의 비키니가 딱 달라붙어 있다.

"이봐요" 하고 나는 말을 걸어본다.

"안녕하세요" 하고 그녀는 말한다.

"맥주라도 마시지 않겠어요?" 하고 나는 권해본다.

"좋아요" 하고 그녀가 말한다.

그래서 우리는 비치파라솔 아래에서 함께 맥주를 마신다.

"그런데" 하고 나는 말을 꺼낸다.

"확실히 1963년에도 당신을 보았어요. 같은 장소, 같은 시간에요."

"꽤 오래된 이야기 아니에요?"

"그렇군요."

그녀는 단숨에 맥주를 절반쯤 마시고, 캔에 뻥 뚫린 구멍을 바라본다.

"하지만 만났을지도 몰라요. 1963년이죠? 1963년이라…… 그래, 만났을지도 몰라요."

"당신은 나이를 먹지 않는군요?"

"나는 형이상학적인 여자인걸요."

"그 당시 당신은 나 따위는 아는 체도 하지 않았지요. 항상 바다만 바라보고 있었죠."

"그럴 수도 있었겠죠" 하고 그녀는 말했다.

"저, 맥주 한 개 더 마실 수 있나요?"

"좋고말고요"라고 나는 말하고 캔 맥주의 뚜껑을 따주었다.

"아까부터 줄곧 모래사장을 걷고 있었나요?"

"그래요."

"발바닥이 뜨겁지는 않나요?"

"괜찮아요. 내 발바닥은 아주 형이상학적이거든요. 한번 보시겠어요?"

"네."

그녀는 날씬한 다리를 뻗어 발바닥을 나에게 보여주었다. 그것은 확실히 멋있고 형이상학적인 발바닥이었다. 나는 거기에 가만히 손가락을 대어보았다. 뜨겁지도 않고, 차갑지도 않다. 그녀의 발바닥에 손가락을 갖다 대자 희미한 파도 소리가 들렸다. 파도 소리까지 무척 형이상학적이었다.

그녀와 나는 아무 말 없이 맥주를 마셨다. 태양은 꿈적도 하지 않았다. 시간조차 멈춰 있었다. 마치 거울 속으로 빨려들어가버린 듯했다.

"당신을 생각할 때마다 나는 고등학교의 복도를 연상하곤 합니다. 왜일까요?" 하고 나는 묻는다.

"인간의 본질은 복합성에 있어요. 인간 과학의 대상은 객체가 아니라, 신체 속에 에워싸인 주체에 있는 거죠."

"음."

"어쨌든 살아가세요. 살아가고, 살아가세요. 그뿐이에요. 나는 단지…… 형이상학적인 발바닥을 가진 여자에 불과해요."

그리고 1963/1982년의 이파네마 아가씨는 허벅지에 묻은 모래를 털고 일어선다.

"맥주, 정말 고마워요."

"천만에요."

가끔 지하철 전차 안에서 그녀와 마주칠 때가 있다. 그때마다 그녀는 "그때 맥주를 주서서 정말 고마웠어요"라고 말하는 듯한 미소를 내게 보내온다. 그 이후로 우리는 더 이상 말을 주고받지는 않지만, 그래도 마음은 어딘가에서 이어져 있다는 느낌이 든다. 어디서 이어져 있는지 나는 알 수 없다. 틀림없이 어딘가 먼 세계에 있는 기묘한 장소에 그 매듭이 있을 것이다. 그리고 그 매듭은 또 다른 어딘가에서 고등학교의 복도와 콤비네이션 샐러드에, 혹은 채식주의자인 《딸기 백서》적인 여자아이와 이어져 있을 것이다. 그런 식으로 생각하자 여러 가지 사건이, 여러 가지 일들이 조금씩 그리워진다. 분명히 어딘가 나와 먼 세세에 있는 기묘한 상소에서 나 자신과 만나게 될 것이라는 느낌이 든다. 그리고 그곳이 될 수 있으면 따스한 장소였으면 좋겠다고 생각한다. 만일 거기에 차가운 맥주가 몇 병 있으면 더 바랄 게 없을 것이다. 그곳에서는 나는 나 자신이고, 나 자신은 나다. 그 둘 사이에는 어떠한 틈도 없다. 그러한 기묘한 장소기 분명히 이딘가에 있을 것이다.

1963/1982년의 이파네마 아가씨는 지금도 뜨거운 백사장을 걷고 있다. 마지막 남은 레코드 한 장이 다 닳아 없어질 때까지 그녀는 쉬지 않고 계속 걷는다.

버트 바카락을 좋아하세요?

10년이 지난 지금도 오다큐행 전차를 타고 그녀의 맨션 근처를 지날 때마다 그녀와 그 바삭바삭했던 햄버그스테이크를 떠올린다. 어느 창문이었는지는 잊어버렸어도 그 창문 안쪽에서 그녀는 지금도 혼자 버트 바카락을 듣고 있지는 않을까 하는 느낌이 든다.

삼가 아룁니다.

추위도 점점 수그러져 햇살 속에 희미하게 봄 향기가 느껴지는 어제오늘이 되었습니다. 어떻게 지내고 계신지요?

전날 주신 편지 반갑게 받아 보았습니다. 특히 햄버그스테이크와 너트메그 향신료의 관계에 대한 대목은 생동감 넘치는 상당히 훌륭한 문장이라고 생각합니다. 주방의 따뜻한 냄새와 양파를 싹둑싹둑 써는 식칼 소리가 생생하게 느껴집니다.

당신의 편지를 읽고 있자니 햄버그스테이크가 못 견디게 먹고 싶어져 그날 밤 당장 레스토랑에 가서 주문을 했습니다. 그 레스토랑에는 실로 여덟 종류나 되는 햄버그스테이크가 있었습니다. 텍사스식이나 캘리포니아식, 하와이식이나 일본식, 그런 것들입니다. 텍사스식 햄버그스테이크는 아주 크답니다. 그것뿐입니다. 하와이식에는 파인애플이 곁들어져 있습니다.

캘리쏘니아식이라는 것은…… 잊어버렸습니다. 일본식에는 무즙이 딸려 나옵니다. 가게는 깔끔하게 꾸며져 있고, 여종업원들은 모두 귀엽고 아주 짧은 스커트를 입고 있습니다.

그러나 내가 뭐 레스토랑의 실내장식을 연구하거나 여종업원의 치마를 구경하러 그곳에 갔던 것은 아닙니다. 나는 그저 햄버그스테이크를, 그것도 무슨 무슨 식도 아닌 지극히 단순한 햄버그스테이크를 먹으러 간 것입니다.

그래서 나는 여종업원에게 그렇게 말했습니다.

"죄송합니다만 저희 가게에는 무슨 무슨 식의 햄버그스테이크밖에는 없답니다"라고 여종업원은 대답했습니다.

하지만 물론 여종업원을 나무랄 수는 없습니다. 그녀가 메뉴를 정하는 것도 아니고, 그녀가 좋아서 그릇을 치울 때마다 팬티가 드러나는 제복을 입고 있는 것도 아니기 때문입니다. 그래서 나는 빙긋 웃고는 하와이식 햄버그스테이크라는 것을 주문했습니다. "드실 때 파인애플을 덜어내기만 하면 됩니다"라고 그녀가 가르쳐주었던 것입니다.

세상이란 데는 기묘한 곳입니다. 내가 정말로 원하는 것은 아주 평범한 햄버그스테이크인데도, 그것이 어떤 때는 파인애플을 뺀 하와이식 햄버그스테이크라는 형태로만 제공되는 것입니다.

그런데 당신이 만든 것은 지극히 평범한 햄버그스테이크겠죠? 편지를 읽고 있자니 당신이 만든 아주 평범한 햄버그스테이크를 꼭 먹어보고 싶어졌답니다.

그에 비하면, 전철의 차표 자동판매기에 관한 문장은 어째 좀 겉핥기가 아닌가 싶습니다. 발상은 재미있는 것 같습니다만, 그 풍경이 읽는 이에게 전달되지 않는다는 말입니다. 제발 날카로워지자는 생각을 하지 말아 주십시오. 문장이란 것은 결국 임기응변적인 것입니다.

전체로 봐서 이번 편지의 점수는 70점 정도입니다. 조금씩 문장력이 향상되고 있습니다. 초조해하지 말고, 초조해하지 말고, 분발해주십시오. 다음 편지를 기대하고 있겠습니다. 빨리 진짜 봄이 오면 좋겠군요.

3월 12일

P.S.

'쿠키' 세트, 정말 고마웠습니다. 맛있게 먹고 있습니다. 그러나 당사의 규칙상 편지 이외의 개인적인 교류는 일절 금지되고 있으므로, 앞으로는 이러한 선물을 사양하겠습니다.

하지만 여하튼 고마웠습니다.

P.S.

지난 편지에 적혀 있던 남편분과의 '정신적 트러블'은 잘 해결됐으면 좋겠습니다.

*   *   *

이러한 아르바이트를 나는 1년가량 계속했었다. 스물두 살 때쯤의 일이다.

나는 이다바시에 있는 '펜 소사이어티'라는 이름의 영문 모를 조그마한 회사와 계약을 맺고 한 통당 2,000엔의 약정으로 한 달에 서른 통 이상씩 이것과 어슷비슷한 편지들을 마구 써 댔다.

'당신도 상대방의 마음을 울리는 편지를 쓸 수 있게 됩니다'라는 것이 이 회사의 캐치프레이즈였다. 입회자는 입회비와 월 회비를 내고, 한 달에 네 통의 편지를 '펜 소사이어티' 앞으로 쓴다. 그것에 대해 우리 '펜 마스터(지도교사)'가 첨삭을 하고 앞의 예와 같은 감상과 지도 편지를 쓰는 것이다.

여성 회원에게는 남성이, 남성 회원에게는 여성이 '펜 마스터'로 붙는다. 내가 맡은 회원은 연간 스물네 명으로, 연령층은 아래로는 열네 살부터 위로는 쉰세 살까지였고, 중심은 스물다섯 살부터 서른다섯 살까지의 여성이었다. 즉 대부분의 회원이 나보다 연상이었다. 그래서 처음 한 달가량, 나는 몹시 혼란스러웠다. 왜냐하면 회원들 대부분은 나보다 훨씬 더 글을 잘 썼으며, 훨씬 더 편지 쓰기에 익숙해 있었기 때문이다. 나로 말하자면 그때까지 제대로 된 편지는 거의 써본 적도 없는 상태였다. 나는 식은땀을 흘리면서 처음 1개월을 어찌어찌 보냈다.

그러나 한 달이 지나도 나의 문장력에 불만을 토로하는 회원은 누구 한 사람 나타나지 않았다. 그러기는커녕 나에 대한 평판이 올라가고 있다고 회사 사람이 내게 알려주었다. 그리고 3개월 후에는 나의 '지도'에 의해 회원들의 문장력도 향상되고 있는 듯한 생각조차 들었다. 불가사의한 일이었다. 그녀들은 마음속으로부터 나를 교사로서 신뢰하고 있는 듯했다.

그 당시 나로서는 알 수 없었지만 지금 와서 생각해보면, 그녀들은 모두 쓸쓸했던 것이 틀림없다. 단지 누군가에게 무엇인가를 써 보내고 싶었던 것뿐이다. 그래서 틀림없이 서로가 서로의 소통을 바라고 있었을 것이다.

나는 그러한 상태로 스물한 살의 겨울부터 스물두 살의 봄까지를, 절름발이 물개처럼 편지의 하렘(harem, 이슬람교도의 결혼한 여성들이 거처하는 방–옮긴이) 속에서 지냈다.

회원들은 실로 갖가지 편지를 내 앞으로 보냈다. 지루한 편지가 있었는가 하면 저절로 미소 짓게 하는 편지가 있었고, 슬픈 편지도 있었다. 그 1년 동안 나는 뭐랄까 2,3년쯤은 제대로 나이를 먹은 듯한 느낌이 든다.

사정이 있어 그 아르바이트를 그만두기로 했을 때 내가 지도하고 있던 회원들은 모두 아쉬워했다. 나도 어떤 의미에서는 (그런 식으로 편지를 계속 쓰는 작업에는 솔직히 말해 조금씩 싫증이 나 있던 터지만) 유감이었다. 많은 사람들이 나에게 그토록 정직해질 수 있는 기회란 앞으로 두 번 다시는 없을 것 같았기 때문이다.

*   *   *

햄버그스테이크에 관해서 말하면, 나는 그녀(첫 편지를 보낸 여성)가 만든 햄버그스테이크를 실제로 먹을 수 있었다.

그녀는 서른두 살에 아이는 없었고, 남편은 다섯손가락 안에 꼽는 유명한 상사에서 근무하고 있었다. 내가 마지막 편지에 유감스럽게도 이달 말로 일을 그만두게 되었다고 썼을 때 그녀는 나를 점심 식사에 초대했다.

"지극히 평범한 햄버그스테이크를 만들겠어요"라고 그녀는 편지에 썼다.

규칙에 어긋나는 일이었지만 나는 마음먹고 가보기로 했다. 스물두 살 먹은 청년의 호기심을 누를 것은 아무것도 없었다.

그녀의 맨션은 오다큐의 선로 부근에 있었다. 아이가 없는 부부에 걸맞게 깔끔한 집이었다. 가구며 조명이며 그녀의 스웨터도 값비싼 것은 아니었지만 품위 있는 것들이었다. 나는 그녀가 생각보다 훨씬 젊어 보인다는 것에, 그녀는 내가 생각보다 훨씬 젊다는 것에 놀랐다. '펜 소사이어티'는 '펜 마스터'의 나이를 밝히지 않는다.

그러나 서로 한 번씩 놀라고 나자 첫 대면의 긴장은 풀어졌다. 우리는 같은 열차를 놓쳐버린 승객 사이라는 분위기에서 햄버그스테이크를 먹고, 커피를 마셨다. 3층의 창문에서는 전차가 보였다. 그날은 날씨가 아주 좋아서 주변에 있는 아파트 베란다에는 이불과 시트들이 여기저기 널려 있었다. 가끔씩 탁탁 이불을 두드리는 소리가 났다. 말라버린 우물 바닥에서 들려오는 것처럼, 기묘하게 거리감이 없는 소리였다.

햄버그스테이크 맛은 근사했다. 향신료를 알맞게 썼고, 바삭바삭하게 구워진 껍질 안쪽에는 육즙이 듬뿍 고여 있었다. 소스 상태도 이상적이었다. 내가 그렇게 말하자 그녀는 기뻐했다.

우리는 커피를 마시고 나서 버트 비기락의 레코드를 들으면서 신상 이야기를 했다. 그렇다고는 해도 내게는 신상 이야기라고 할 만한 것이 없었으므로 거의 그녀가 이야기했다. 학창시절엔 작가가 되고 싶었다고 그녀는 말했다. 그녀는 프랑수아즈 사강의 팬이라면서 나에게 사강의 이야기를 해주었다. 그녀는 《브람스를 좋아하시나요》를 마음에 들어 했다. 나도 사강을 싫어하지는 않는다. 적어도 모두가 말하듯 지루하다고는 생각지 않는다.

"하지만 저는 아무것도 쓸 수 없어요" 하고 그녀가 말했다.

"지금이라도 늦은 건 아닙니다." 나는 말했다.

"제가 아무것도 쓸 수 없다고 가르쳐준 건 당신이에요." 그녀는 이렇게 말하고 나서 웃었다.

나는 얼굴이 빨개졌다. 스물두 살 무렵, 나는 이내 얼굴이 빨개지곤 했다.

"하지만 당신의 문장엔 아주 솔직한 데가 있었습니다."

그녀는 아무 말도 않고 입가에 미소를 지었다. 1센티미터의 몇 분의 1일까 싶은, 아주 희미한 미소였다.

"적어도 전 당신의 편지를 읽고 햄버그스테이크를 먹고 싶다는 생각을 했습니다."

"그땐 분명히 배가 고팠던 거예요" 하고 그녀는 상냥하게 말했다.

아마 그럴지도 모른다.

전차가 덜컹덜컹 메마른 소리를 내며 창문 밑을 지나갔다.

                    *   *   *

시계가 다섯 시를 쳤을 때 이제 슬슬 일어나야겠다고 나는
말했다.

"남편분이 오기 전에 저녁 식사 준비를 해야 하지 않겠어
요?"

"남편은 아주아주 늦게 온대요"라고 그녀는 턱을 괸 채 말
했다.

"늘 한밤중이 되어서야 돌아오거든요."

"무척 바쁘신가 보군요."

"그래요"라고 말하고 그녀는 잠시 뜸을 들였다.

"편지에도 썼지만 우리 사이는 그다지 좋지 않아요."

나는 어떻게 대꾸하면 좋을지 몰랐다.

"하지만, 괜찮아요" 하고 그녀는 나직하게 말했다. 정말로
그래도 괜찮은 것처럼 들렸다.

"오랫동안 편지를 써줘서 고마워요. 정말 즐거웠습니다."

"저도 그렇습니다. 그리고 햄버그스테이크도 감사했습니다"라고 나는 말했다.

*   *   *

10년이 지난 지금도 오다큐행 전차를 타고 그녀의 맨션 근처를 지날 때마다 그녀와 그 바삭바삭했던 햄버그스테이크를 떠올린다. 어느 창문이었는지는 잊어버렸어도 그 창문 안쪽에서 그녀는 지금도 혼자 버트 바카락을 듣고 있지는 않을까 하는 느낌이 든다.

나는 그때 그녀와 같이 잤어야 하는 게 아닐까.

이것이 이 글의 테마다.

나로서는 알 수가 없다.

나이를 먹어도 알 수 없는 것은 얼마든지 있다.

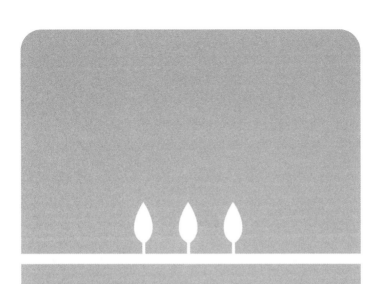

5월의 해안선

바다 위를 건너오는 바닷바람, 바위틈에 남겨진 해초, 습기

먹은 모래…… 그러한 모든 것들이 한데 어우러진 해안의 냄

새였다.

친구로부터 온 한 통의 편지, 결혼식 초대장이 나를 예전의 거리로 끌어당겼다.

나는 이틀의 휴가를 내고 호텔 방을 예약한다. 뭐랄까, 몸의 절반쯤이 투명해져버린 듯한 이상한 기분이다.

맑게 갠 5월의 아침, 나는 서류 가방에 소지품을 챙겨넣고 신칸센에 올라탄다. 창가의 좌석에 앉아 책을 펼쳤다가 다시 덮고 캔 맥주를 비우고, 아주 잠깐 잠들었다가 포기하고 바깥의 풍경을 바라본다.

신칸센의 차창에 비치는 풍경은 언제나 똑같다. 그것은 억지로 절개되어 맥락도 없이 일직선으로 늘어선 메마른 풍경이다. 마치 날림으로 지은 집 벽에 장식된 액자 속의 그림처럼 그런 풍경은 나를 지겨운 기분이 들게 한다.

12년 전과 모든 것이 똑같다. 무엇 하나 달라지지 않았다.

강화유리 너머 5월의 햇살도, 말라버린 햄샌드위치의 맛도, 지루한 듯이 경제신문에 눈길을 주고 있는 옆자리의 젊은 비즈니스맨의 옆모습도. EC는 아마 수개월 내로 강경한 대일 수입제한을 실시할 것이라고 신문 제목은 알리고 있다.

12년 전, 나는 '거리'에 애인을 갖고 있었다. 대학의 방학이 되면 나는 여행 가방에 짐을 꾸려 신칸센 아침 첫차를 탔다. 창가 좌석에 앉아 책을 읽고, 풍경을 바라보고, 햄샌드위치를 먹고, 맥주를 마셨다. '거리'에 도착하는 것은 항상 오전이었다. 해는 아직 하늘 높이 떠오르지 않았고, '거리'의 구석구석에는 아직 아침의 부산함이 꺼지지 않고 남아 있었다. 나는 여행 가방을 안은 채 커피숍으로 들어가 모닝 커피를 마시고 그녀에게 전화를 걸었다.

그 시각의 '거리' 모습을 못 견디게 좋아했다. 아침 햇살, 커피 향기, 사람들의 잠기 어린 눈, 아직 손상받지 않은 하루⋯⋯.

바다 냄새가 난다. 희미한 바다 냄새다.

물론 진짜로 바다 냄새가 날 리 없다. 문득 그런 느낌이 들었을 뿐이다.

나는 넥타이를 고쳐 메고 선반 위의 가방을 꺼내어 열차에서 내린다. 그리고 진짜 바다 냄새를 가슴으로 들이마신다. 반사적으로 몇 개의 전화번호가 내 머리에 떠오른다. 1968년의 소녀들…… 그 번호들을 한번 늘어놓아보는 것만으로도 그녀들과 만날 수 있을 것 같은 느낌이 든다.

우리는 예전에 자주 들락거렸던 레스토랑의 작은 테이블을 사이에 두고 다시 한 번 이야기를 하게 될지도 모른다. 테이블에는 줄무늬 테이블보가 깔려 있고 창가에는 제라늄 화분이 놓여 있을지도 모른다. 창으로부터는 화창한, 종교적인 햇살이 쏟아져 들어오고 있다.

"야아, 몇 년 만인가. 그래 벌써 10년이나 되었군. 정말 눈 깜짝할 사이에 세월이 흘러가버리는군."

아니, 틀리다. 그게 아니다.

"마지막으로 너를 만나고 나서 아직 10년밖에 지나지 않았구나. 왠지 100년이나 지나버린 듯한 느낌이 드는데."

어떻게 해도 무척이나 바보 같다.

"여러 가지 일이 있었지" 하고 나는 말할지도 모른다. 분명히 여러 가지 일들이 있었기 때문에.

그녀는 이미 5년 전에 결혼해 아이도 있고, 남편은 광고회사에 다니고 있고, 세 개쯤 주택자금 대출을 안고 있고…… 어쩌면 그런 이야기가 나올지도 모른다.

"지금, 몇 시죠?" 히고 그녀는 묻는다.

"세 시 이십 분" 하고 나는 대답한다.

세 시 이십 분. 시간은 마치 오래된 뉴스 영화 필름처럼 덜덜 소리를 내며 감겨들고 있다.

나는 역 앞에서 택시를 타고 호텔 이름을 알려준다. 그리고 담배에 불을 붙여 머릿속을 다시 한 번 텅 비운다.

결국 아무와도 만나고 싶지 않은 것이다. 나는 호텔 훨씬 앞에서 택시를 내려 텅 빈 아침의 큰길을 걸어가면서 멍하니 그렇게 생각한다. 거리에는 버터 굽는 냄새와 신선한 차 향기와 보도에 뿌려진 물 냄새가 떠돌고, 방금 문을 연 레코드 가게에서는 새로운 히트곡이 흐르고 있다. 그러한 냄새와 소리가 의식의 엷은 그림자를 빠져나가는 것처럼 몸속으로 조금씩 스며든다.

누군가가 나를 유혹하고 있는 듯한 느낌이 들었다.

이봐, 이쪽이야, 이쪽. 어이, 나야, 기억 안 나? 너에게 딱 어울리는 좋은 장소가 있어. 함께 가자고. 틀림없이 마음에 들 거야.

아마 나는 그런 장소를 마음에 들어 하지 않을 것이다. 우선 네 얼굴조차 기억나지 않기 때문이지, 라고 나는 생각한다.

균일하지 않은 공기.

이전에는 알아차리지 못했지만 거리에는 뭐랄까 균일하지 않은 공기가 흐르고 있었다. 10미터를 걷는 것만으로도 공기의 농도가 달라진다. 중력이, 햇빛이, 온도가 달라진다. 매끈 매끈한 보도 위의 발걸음 소리도 다르다. 시간조차도 마치 낡아빠진 엔진처럼 균일하지가 않다.

나는 한 남성복 가게에 들어가 운동화와 스포츠 셔츠를 사서 종이 백에 넣는다. 어쨌든 옷을 갈아입고 싶었다. 뜨거운 커피를 마시고 새 옷으로 갈아입는다. 모든 일은 그다음부터다.

호텔 방으로 들어가 뜨거운 물로 샤워를 하고 침대에 누워 말보로를 세 개비 피웠다. 그러고 나서 셀로판 포장을 뜯고 새 스포츠 셔츠를 입는다. 서류 가방에 무리하게 쑤셔넣어 온 청바지를 꺼내 입고 새 운동화의 끈을 맨다.

새 신발에 발이 익숙해지도록 하기 위해서 방의 카펫 위를 몇 차례 왔다 갔다 하는 동안 몸이 조금씩 거리에 익숙해지기 시작한다. 삼십 분 전에 느꼈던, 어찌할 바를 몰랐던 초조함도 지금은 어느 정도 엷어졌다.

새 신발을 신은 채 침대에 드러누워 멍하니 천장을 바라보고 있자니 바다 냄새가 다시 났다. 이전보다 훨씬 분명한 냄새었다. 바다 위를 건너오는 바닷바람, 바위틈에 남겨진 해초, 습기 먹은 모래…… 그러한 모든 것들이 한데 어우러진 해안의 냄새였다.

한 시간 후에 택시를 해안에 세웠을 때 바다는 사라지고 없었다.

아니, 정확히 표현하면 바다는 몇 킬로미터나 멀리 밀려나 있었다.

낡은 방파제의 자취만이 이전의 해안 도로를 따라 무슨 기념품처럼 남아 있었다. 이젠 아무 쓸모도 없는 낡아빠진 낮은 벽이다. 그 너머에 있는 것은 파도가 밀려오는 해안이 아니라 콘크리트를 깔아놓은 광대한 황야였다. 그리고 그 황야에는 수십 동의 고층 아파트들이 마치 거대한 묘지의 표석처럼 눈이 닿는 곳까지 늘어서 있었다.

초여름을 연상시키는 햇살이 대지에 내리쬐고 있었다.

"이곳이 생긴 지 벌써 3년은 될 거예요. 매립을 시작하고 나서 7년쯤 걸렸지만 말예요. 산을 깎아내려 흙을 컨베이어 벨트로 운반해 바다를 메웠어요. 그리고 산을 택지로 삼아 바다에 아파트를 세운 거예요. 몰랐나요?" 하고 나이 지긋한 택시 운전사가 가르쳐주었다.

"그럭저럭 10년 만이니까요."

운전사는 고개를 끄덕였다.

"이곳도 완전히 달라졌어요. 조금만 더 가면 새로운 해안이 나오는데 가보시겠어요?"

"아뇨, 여기서 됐어요. 감사합니다."

그는 미터기를 올리고 내가 건네주는 돈을 받는다.

해안 도로를 걸어가자 얼굴에 땀이 약간 배어나온다. 도로를 오 분쯤 걸어가서 방파제에 올라 폭이 50센티미터쯤 되는 콘크리트 벽 위를 걷기 시작한다. 새 운동화의 고무 밑창이 뻑뻑 끌리는 소리를 낸다. 버려진 방파제 위에서 나는 몇 명의 아이들과 스쳐 지나간다.

열두 시 삼십 분.

쥐 죽은 듯 고요하다.

자, 벌써 20년도 더 되었나, 여름이 되면 나는 매일 이 바다에서 수영을 했었다. 수영복을 입은 채로, 집 마당 끝에서 해안까지 맨발로 걸어 다녔다. 햇볕에 달궈진 아스팔트 도로는 어찌나 뜨거운지 깡충깡충 뛰면서 걸었었다. 소나기도 왔었다. 뜨겁게 달궈진 아스팔트 노면에 스며들던 소나기의 냄새가 못 견디게 좋았는데.

집에 돌아오면 차가운 우물 속에 담가둔 수박이 있었다. 물론 냉장고노 있었지만 우물에서 차갑게 식힌 수박만큼 맛있는 건 없었다. 목욕탕에 들어가 몸에 묻은 소금물을 씻어낸 다음 툇마루에 앉아 수박을 먹었었다. 한번은 수박을 매달아두었던 끈이 풀어진 적이 있었는데, 건져 올리지 못한 채 몇 달 동안이나 우물 속에 떠 있기도 했었다. 물을 길어 올릴 때마다 양동이 속에 수박 조각이 들어 있었다. 기억이 확실하다면, 그때가 오 사다하루(일본의 유명한 프로야구 선수–옮긴이)가 고시엔에서 우승팀 투수가 된 여름이었다. 그렇다곤 해도 어찌나 깊은 우물이었는지 아무리 들여다보아도 둥근 어둠밖에는 보이지 않았다.

더 자란 뒤에는(이미 그 무렵에는 바다도 완전히 오염되어버려 우리는 산 위에 있는 수영장에서 수영을 하게 됐지만), 저녁이 되면 개를 데리고(개를 기르고 있었지, 희고 커다란 개였어) 해안 도로를 산책하곤 했다. 모래사장에 개를 풀어놓고 멍하니 있으면 같은 반 여자애들을 몇 명 만날 수 있었다. 운이 좋으면, 주위가 완전히 캄캄해질 때까지 한 시간 정도 그 애들과 이야기할 수도 있었다. 긴 스커트를 입고 머리엔 샴푸 냄새를 풍기며 눈에 띄기 시작한 가슴을 작고 단단한 브래지어로 감싼 1963년의 여자아이들. 그녀들은 내 옆에 앉아 작은 수수께끼로 가득한 단어들을 계속 말했다. 그녀들이 좋아하는 것, 싫어하는 것, 학급 이야기, 마을 이야기……, 안소니 퍼킨스, 그레고리 펙, 엘비스 프레슬리의 새로운 영화, 그리고 닐 세데카의 〈브레이킹 업 이즈 하드 투 두〉 등을.

해안에는 1년에 몇 번씩 익사체도 밀려들어왔다. 대개는 자살한 사람들이었다. 그들이 어디에서 바다로 뛰어들었는지는 아무도 몰랐다. 이름이 적혀 있지 않은 양복을 입고, 주머니에 무엇 하나 소지품이 없는(혹은 파도에 휩쓸려버린) 자살자들이었다. 신문의 지방판에 작은 기사로 실릴 뿐이었다. 신원 불명, 여성, 스무 살 전후(추정)라고. 폐 속으로 바닷물을 가득 들이마셔, 물거품처럼 부풀어 오른 피부를 드러낸 젊은 여자…….

시간의 흐름 속에서 방황하는 유실물처럼 죽음은 천천히 파도에 의해 운반되어 어느 날 조용한 주택 지대의 해안으로 떠밀려왔다.

그중의 한 명은 내 친구였다. 아주 오래전, 여섯 살 무렵의 일이다. 그는 집중호우로 불어난 강물에 휩쓸려 죽었다. 봄날 오후, 그의 시체는 탁류와 함께 단숨에 먼 바다로 운반되었고, 그리고 사흘 뒤에 떠내려가는 나무와 함께 나란히 해안으로 밀려왔다.

죽음의 냄새.

여섯 살 소년의 시체기 고열의 가마에서 타는 냄새.

4월의 흐린 하늘에 우뚝 솟은 화장터의 굴뚝, 그리고 잿빛 연기.

존재의 소멸.

발이 아파오기 시작한다.

나는 운동화와 양말을 벗고 맨발이 되어 방파제 위를 계속 걸어간다. 쥐 죽은 듯이 고요한 오후의 햇살 속으로, 근처에 있는 중학교의 차임 벨 소리가 울린다.

고층 주택의 무리가 끝없이 이어져 있었다. 마치 거대한 화장터 같다. 사람의 흔적은 없다. 생활의 냄새도 없다. 밋밋한 도로를 이따금 자동차가 지나갈 뿐이다.

나는 예언한다.

5월의 태양 아래를, 양손에 운동화를 들고 낡은 방파제 위를 걸어가면서 나는 예언한다. 너희는 무너져버릴 것이다, 라고.

몇 년 뒤인가, 몇십 년 뒤인가, 몇백 년 뒤인가 나는 모른다. 하지만 너희들은 언젠가 확실히 무너져버린다. 산을 무너뜨리고, 바다를 메우고, 우물을 메우고, 죽은 사람의 혼 위에 너희들이 세워 올린 것은 도대체 무엇이냐? 콘크리트와 잡초와 화장터의 굴뚝, 그것뿐이지 않는가.

앞쪽에 강물의 흐름이 보이게 되면서 제방도, 고층 주택도 거기서 끝나고 있었다. 나는 강 언덕으로 내려가 맑은 강물에 발을 담근다. 정겨운 차가움이다. 바다가 오염되기 시작했던 때에도 강물은 언제나 맑았었다. 산에서부터 모래땅인 강바닥을 일직선으로 흘러온 물이다. 유사流砂를 막아주는 폭포를 여러 개 갖고 있는 이 강에는 물고기도 거의 살지 않는다.

나는 얕은 강줄기를 더듬어서 겨우 보이기 시작한 바닷가로 향한다. 파도 소리, 바다 냄새, 바닷새, 앞바다에 닻을 내린 화물선의 그림자…… 양옆을 매립해 땅 사이에 끼어든 것처럼 보이는 해안선이 거기서 조그맣게 숨을 쉬고 있었다. 미끄러운, 낡은 제방의 벽에는 돌로 긁거나 스프레이 페인트로 쓴 무수히 많은 낙서가 늘어서 있었다.

그 대부분은 누군가의 이름이다. 남자 이름, 여자 이름, 남자와 여자의 이름 그리고 날짜.

1971년 8월 14일. (1971년의 8월 14일에 나는 무엇을 하고 있었을까?)

1976년 6월 2일. (1976년, 올림픽과 대통령 선거가 있었던 해다. 몬트리올? 포드?)

3월 12일. (연도가 없는 3월 12일. 이봐, 나는 이미 서른한 번이나 3월 12일을 보냈단 말이야.)

혹은 메시지.

"……는 아무하고나 잔다." (전화번호를 써두었어야 했는데.)

"ALL YOU NEED IS LOVE!" (코발트블루 빛 스프레이 페인트다.)

나는 강가 언덕에 앉아 제방에 등을 기대고, 죽은 듯이 조용하고 쓸쓸하게 남겨진 50미터가량의 폭이 좁은 해안선을 몇 시간이고 바라보았다. 기묘할 정도로 온화한 5월의 파도 소리 외에는 아무 소리도 들리지 않는다.

해가 중천을 지나고, 제방의 그림자가 강물 표면을 가로질러 가는 것을 바라보고 있는데 졸음이 밀려왔다. 그리고 희미해져가는 의식 속에서 문득 생각한다. 깨어났을 때 나는 대체 어디에 있을까 하고.

깨어났을 때, 나는…….

몰락한 왕국

"위대한 왕국이 퇴색해가는 것은……" 하고 그 기사는 말하고 있었다. "후진 공화국이 붕괴되는 것보다 훨씬 더 서글프다."

몰락한 왕국의 뒤편에는 깨끗한 시냇물이 흐르고 있었다. 너무나 깨끗해서 물고기들도 많이 살고 있다. 수초도 자라고 있어 물고기들은 그걸 먹으며 살아가고 있다. 물고기들은 왕국이 망하건 말건 상관없다고 생각하고 있다. 그건 그렇다. 물고기들에겐 왕국이니 공화국이니 하는 건 아무 상관도 없는 것이었다. 투표 같은 것도 하지 않고, 세금 같은 것도 내지 않는다.

'그런 건 우리와는 관계없는 일이야' 라고 그들은 생각하고 있다.

나는 시냇물에서 발을 씻었다. 냇물은 차가워서 잠깐 발을 담그고 있었는데도 금세 빨개졌다. 냇가에서는 몰락한 왕국의 성벽과 첨탑이 보였다. 첨탑에는 아직 두 가지 색으로 된 깃발이 걸린 채 바람에 펄럭이고 있었다. 냇가를 지나가는 사람들은 모두 그 깃발을 보았다. 그러고는 이렇게 말했다.

"저것 봐. 저게 몰락한 왕국의 깃발이야."

*　　　　*　　　　*

Q씨는 나의 친구다— 혹은 친구였다. 이렇게 말하는 이유는 Q씨와 내가 10년 가까이 피차 친구다운 일 같은 건 한 번도 하지 않았기 때문이다. 따라서 이제 와서는 친구였다고 과거형으로 이야기하는 게 정확하지 않을까 생각한다. 뭐 어쨌든 우리는 친구였다.

Q씨라는 인물에 대해서 누군가에게 설명하려고 할 때마다 나는 늘 절망적인 무력감에 사로잡히게 된다. 나는 원래 설명을 잘하는 편은 아니지만 그런 점을 계산에 넣더라도, Q씨라는 인물에 대해서 설명한다는 것은 특별한 작업이자 지극히 어려운 일이다. 그래서 그 일을 시도할 때마다 나는 깊고, 깊고, 깊은 절망감에 사로잡히는 것이다.

간단하게 말해버리자.

Q씨는 나와 같은 나이로 나보다 570배 정도 핸섬하다. 성격도 좋다. 결코 다른 사람에게 뽐내지를 않는다. 잘난 체도 하지 않는다. 누군가 뭔가를 실수해 그에게 폐를 끼쳤다고 해도

별로 화를 내거나 하지도 않는다.

"할 수 없지, 뭐. 피장파장인걸" 하고 말한다.

하지만 그가 누군가에게 폐를 끼쳤다는 이야기는 한 번도 들어본 적이 없다. 그리고 가정환경도 좋다. 부친은 시코쿠의 어딘가에서 병원을 경영하고 있다. 따라서 늘 꽤 많은 용돈을 갖고 있었음에도 불구하고 별로 사치를 부리지도 않는다. 언제나 단정하고 깔끔한 옷차림을 하고 있다. 옷에 대한 취향도 무척 좋다.

그리고 또 운동선수이기도 하다. 고교 시절엔 테니스 부원으로 '인터 하이'(일본 고교간 테니스 대항 시합-옮긴이)에도 나갔다. 취미가 수영이어서 일주일에 두 번은 수영장에 다닌다. 정치적으로는 온건한 자유주의자이다. 성적도—우수하다고 할 정도는 아니지만—좋다. 시험공부 따위는 거의 하지 않았지만, 수업 진도는 하나도 빠뜨리지 않았다. 수업 중에 강의를 꼬박꼬박 들었기 때문이다.

꽤 능숙하게 피아노도 친다. 빌 에반스와 모차르트의 레코드를 잔뜩 갖고 있다. 소설은 발자크와 모파상 등의 프랑스 작품을 좋아한다. 오에 겐자부로 같은 것도 가끔 읽는다. 그러고는 무척 적확한 비평을 한다.

물론 여자아이들에게도 인기가 있다— 인기가 없을 리 없다. 그러나 그렇디고 해서 '아무나 사귀는' 것도 아니었다. 그에겐 반듯하고 예쁜 애인이 있었다. 어느 고상한 여자대학교의 2학년생인데, 매주 일요일에 데이트를 했다.

이런 이런.

그것이 내가 알고 있는 대학 시절의 Q씨다. 뭔가 빠뜨린 말이 있는 것 같은 기분이 들지만 그게 무엇이든 대수로울 건 없다. 요컨대 한마디로 말하면 Q씨는 결점이 없는 인물이다.

Q씨는 그 당시 내가 살고 있던 아파트의 이웃집에 살고 있었다. 소금을 꿔주거나 드레싱을 빌려오거나 하는 사이에 우리는 친해져서, 서로의 방을 오가며 레코드를 듣거나 함께 맥주를 마시거나 하게 되었다. 나와 나의 여자 친구 또 그와 그의 여자 친구 넷이서 가마쿠라[鎌倉]까지 드라이브를 한 적도 있다. 아주 기분 좋은 만남이었다. 대학 4학년 여름에 내가 아파트를 나왔고 그래서 우리는 헤어졌다.

내가 Q씨를 다시 만난 것은 그로부터 10년쯤 뒤였다. 나는 아카사카 근처 호텔 수영장에서 책을 읽고 있었다. Q씨는 내 옆의 데크체어에 앉아 있었다. Q씨 옆에는 아주 멋진 비키니 차림의 다리가 긴 아가씨가 앉아 있었다. 그녀는 Q씨와 동행이었다.

그가 Q씨라는 걸 나는 이내 알아봤다. Q씨는 여전히 핸섬했고, 서른을 조금 넘긴 지금은 거기에 더해 예전엔 없었던 어떤 종류의 위엄 같은 것도 느낄 수 있었다. 젊은 여자들이 지나가면서 그를 힐끔힐끔 쳐다보곤 했다.

그쪽에선 나를 알아보지 못했다. 나는 평범한 얼굴인 데다가 선글라스까지 걸치고 있었다. 나는 잠시 망설이다가 결국 말을 걸지 않기로 했다. Q씨는 옆의 아가씨와 이야기에 빠져 있었으므로 오히려 방해가 되는 건 아닐까 하는 생각이 들었기 때문이었다. 무엇보다도 나와 Q씨 사이에는 공통의 화제랄 것이 거의 없었다. 소금을 꿔주셨지요, 드레싱을 빌리러 왔지요, 그 정도로는 그다지 대화거리가 되지 않는다. 그래서 나는 잠자코 책만 읽고 있었다.

수영장은 아주 조용했기 때문에 Q씨와 동행한 아가씨의 이야기는 듣기 싫어도 나의 귀에 들려왔다. 아주 복잡한 이야기였다. 나는 책 읽기를 포기하고 두 사람의 이야기에 귀를 기울였다.

"글쎄, 그런 건 싫어요. 농담 마세요" 하고 다리가 긴 여자가 말했다.

"아니, 그러니까 말이야, 당신이 하는 말은 잘 알겠어. 하지만 말이야, 내가 하는 말도 이해해달라 그거야. 나라고 해서 뭐 이런 일 좋아서 하는 건 아니니까. 내가 결정한 게 아니야. 위에서 결정한 일을 당신한테 전달하는 것뿐이야. 그러니까 그런 눈으로 보지 말아줘" 하고 Q씨는 말했다.

"흥, 어쩐지" 하고 여자가 말했다.

Q씨는 한숨을 쉬었다.

두 사람의 긴 이야기를 요약해보면—물론 상당 부분은 나의 상상으로 채워넣은 것이지만—이러한 것이었다. 즉 Q씨는 텔레비전 방송국인가 뭔가 하는 곳에서 감독 같은 일을 하고 있었고, 여자 쪽은 조금 유명한 가수인가 여배우였다. 그리고 여자 쪽에 무슨 트러블인지 스캔들인지가 있어서—어쩌면 그저 단순히 인기가 떨어졌을 뿐인지도 모르겠지만—프로에서 빠지게 되었다. 그래서 현장 책임자인 Q씨가 그 사실을 그녀에게 통보하는 역할을 맡게 된 것이다. 나는 연예계의 일에는 그다지 밝지가 않아서 세밀한 부분까지는 잘 모르지만 대강의 줄거리는 그다지 틀리지 않았으리라고 생각한다.

내가 들은 대로라면 Q씨는 정말 성실하게 그 직책을 수행하고 있었다.

"우리는 스폰서 없이는 일을 해나갈 수 없단 말이야. 당신도 이 세계에서 밥을 먹고 있으니까 그 정도는 알 거 아냐?" 하고 Q씨가 말했다.

"그럼, 당신한텐 전혀 책임도 발언권도 없다, 그 말인가요?"

"전혀 없는 건 아니지만, 아주 제한되어 있어."

그러고 나서 다시 얼마 동안 두 사람은 출구가 없는 대화를 계속했다. 여자는 그가 자기를 지켜주기 위해 어느 정도의 노력을 했는지 알고 싶어 했다.

"힘닿는 만큼 했단 말이야" 하고 그가 말했다. 하지만 증거는 없었다.

여자는 믿지 않았다. 나도 그다지 믿기지 않았다. Q씨가 성실하게 설명하려고 하면 할수록 불성실한 공기가 안개처럼 주변을 떠돌았다. 그러나 그것은 Q씨의 책임은 아니었다. 누구의 책임도 아니었다. 그런 까닭에 두 사람의 대화에는 출구가 없었다.

여자는 이제까지 줄곧 Q씨에 대해 호감을 품어왔던 것처럼 보였다. 이번 일이 있기까지 두 사람은 매우 친밀한 사이였던 것 같았다. 그래서 여자는 더욱 화를 내고 있는 듯했다. 그래도 최후에는 여자 쪽이 단념을 했다.

"알았어요. 이제 됐으니까 콜라나 사와요" 하고 여자가 말했다.

Q씨는 그 말을 듣곤 안심한 듯이 일어나 매점으로 갔다. 여자는 선글라스를 쓰고, 앞쪽을 물끄러미 응시하고 있었다. 나

는 책의 같은 줄을 몇 번이고 몇 번이고 읽고 있었다.

이윽고 Q씨는 콜라가 담긴 큰 종이컵을 두 손에 들고 되돌아왔다. 그러고는 하나를 여자에게 건네주고 의자에 걸터앉았다.

"너무 심각하게 생각하지 마. 그러다 보면 다시 분명히……" 하고 Q씨가 말했다.

그때 여자가 손에 들고 있던 콜라 종이컵을 Q씨의 얼굴을 향해 던졌다. 컵은 Q씨의 얼굴에 정통으로 맞았다. L사이즈 컵 속에 든 코카콜라의 3분의 2는 Q씨에게, 나머지 3분의 1은 나에게 뿌려졌다. 그런 다음 여자는 아무 말도 없이 일어서서 수영복의 엉덩이 부분을 조금 끌어내리곤 성큼성큼 걸어가버렸다. 뒤돌아보지도 않았다. 나와 Q씨는 십오 초 정도 멍하니 있었다. 주위 사람들도 깜짝 놀란 듯이 우리를 보고 있었다.

먼저 정신을 되찾은 건 Q씨였다. 그는 나에게 죄송하다고 말하고 타월을 내밀었다. 샤워를 할 거니까 괜찮다며 나는 그것을 사양했다. Q씨는 약간 난처한 듯한 얼굴을 하고는 타월을 거두어 그걸로 자기 몸을 닦아냈다.

"그럼 책을 변상해드리겠습니다" 하고 그가 말했다.

책은 완전히 젖어 있었다. 그러나 그것은 싸구려 문고판이었으며, 그다지 재미있는 책도 아니었다. 누군가가 콜라를 끼

없어 읽지 못하게 훼방을 놓아준 것만도 고마울 정도였다. 내가 그렇게 말하자 그는 싱긋 웃었다. 옛날과 똑같이 기분 좋은 웃는 얼굴이었다.

그는 그러고 나서 이내 돌아갔다. 돌아갈 즈음해서 다시 한 번 나에게 사과했다. 하지만 그는 끝까지 나를 기억해내지 못했다.

*   *   *

내가 이 글의 제목을 '몰락한 왕국'이라고 한 것은, 그날 석간신문에서 우연히 아프리카의 어느 몰락한 왕국의 이야기를 읽었기 때문이다.

"위대한 왕국이 퇴색해가는 것은……" 하고 그 기사는 말하고 있었다.

"후진 공화국이 붕괴되는 것보다 훨씬 더 서글프다."

서른두 살의 데이 트리퍼

하지만 역시 나는 서른두 살이고, 일주일만 달리기를 게을리

하면 뱃살이 눈에 띄게 나오는 처지에 놓여 있다. 이제 열여

덟 살로는 돌아갈 수 없다. 이건 당연한 일이다.

나는 서른둘이고, 그녀는 열여덟이고……, 이렇게 생각하면 아무래도 지겨워진다.

　나는 아직 서른둘이고, 그녀는 벌써 열여덟……, 이게 좋다.

　우리는 그저 그런 친구 사이일 뿐 그 이상도 아니고 그 이하도 아니다. 나에겐 아내가 있고, 그녀에겐 남자 친구가 여섯이나 있다. 그녀는 주중에 여섯 명의 남자 친구와 데이트를 하고, 한 달에 한 번만 일요일에 나와 데이트를 한다. 그 이외의 일요일에는 집에서 텔레비전을 본다. 텔레비전을 보고 있을 때의 그녀는 해마海馬처럼 귀엽다.

　그녀가 태어난 것은 1963년으로, 그해에는 케네디 대통령이 총에 맞아 죽었다. 그리고 그해에 나는 처음으로 여자아이에게 데이트를 신청했다. 유행했던 곡은 클리프 리처드의 〈서머 홀리데이〉였던가?

뭐, 아무래도 좋나.

어쨌든 그런 해에 그녀는 태어났다. 그런 해에 태어난 여자 아이와 데이트를 하게 되다니, 그 당시에는 물론 생각하지도 못했던 일이다. 지금이 되어서도 어쩐지 이상한 느낌이 든다. 달의 뒤쪽까지 가서 담배를 피우고 있는 듯한 기분이다.

'어린 여자아이란 따분하다' 는 게 우리 친구들 사이의 통일된 견해다. 그럼에도 불구하고 녀석들은 곧잘 어린 여자아이와 데이트를 한다. 그렇다면 그들은 요행히도 따분하지 않은 어린 여자아이를 찾아낸 것일까? 아니지, 그런 게 아니다. 요컨대 그녀들의 따분함이 그들을 끌어당기는 것이다. 그들은 따분함의 물을 양동이 하나 가득 머리로부터 뒤집어쓰면서도, 상대 여자아이에게는 물방울 하나도 뿌리지 않는다는 꽤 까다로운 게임을 아주 순수하게 즐기고 있는 것이다.

적어도 나에겐 그렇게 여겨진다.

사실, 어린 여자아이들 가운데 열에 아홉은 따분한 물건들이다. 하지만 물론 그녀들 자신은 그런 점을 깨닫지 못하고 있다. 그녀들은 젊고 아름답고, 그리고 호기심에 가득 차 있다. 따분함 따위는 자신들과는 관계없는 존재라고 그녀들은 생각하고 있다.

아이고 참나.

하지만 내가 어린 여자아이들을 책망하고 있는 것도 아니며, 또 싫어하는 것도 아니다. 오히려 나는 그녀들을 좋아한다. 그녀들은 나에게, 내가 따분한 청년이었던 시절의 일을 떠올리게 해준다. 이건 뭐랄까, 아주 근사한 일인 것이다.

"어때요, 다시 열여덟 살로 되돌아가고 싶어요?" 하고 그녀가 나에게 묻는다.

"싫어, 되돌아가고 싶지 않아" 하고 나는 대답한다.

그녀는 내 대답을 제대로 알아듣지 못하는 것 같았다.

"되돌아가고 싶지 않다구요…… 정말로?"

"물론."

"어째서요?"

"지금 이대로가 좋으니까."

그녀는 테이블에 턱을 괸 채 생각에 잠기고, 생각에 잠기면서 커피 잔 속에 스푼을 넣어 딸깍딸깍 저었다.

"믿기지 않아요."

"믿는 게 좋아."

"하지만 젊은 쪽이 근사하잖아요."

"그렇긴 해."

"그런데 어째서 지금이 좋죠?"

"한 번으로 충분하거든."

"난 아직 충분치 않은걸요."

"넌 아직 열여덟 살이니까."

"흐응."

나는 여종업원을 붙잡고 두 병째의 맥주를 부탁했다. 밖에는 비가 내리고 있었고, 창으로는 요코하마 항구가 보였다.

"있잖아요, 열여덟 살 무렵엔 무얼 생각했었어요?"

"여자아이하고 자는 것."

"그 밖엔?"

"그것뿐이야."

그녀는 킥킥 웃고는 커피를 한 모금 마셨다.

"그래, 잘됐어요?"

"잘된 적도 있고, 잘되지 않은 적도 있지. 물론 잘되지 않은 쪽이 더 많았지만."

"몇 명 정도의 여자아이하고 잤어요?"

"세어보지 않았어."

"정말?"

"세고 싶지 않았거든."

"내가 남자였다면 반드시 세어봤을 거야. 재미있잖아요?"

다시 한 번 열여덟 살로 되돌아간다는 것도 나쁘진 않겠군, 하고 생각되는 때도 있긴 하다. 그러나 열여덟 살로 되돌아간 다면 제일 먼저 무엇을 할까 하고 생각해보니 나로선 이제 무엇 하나 생각나지 않는다.

혹시 내가 서른두 살의 매력적인 여성과 데이트를 하게 될지도 모른다. 그거라면 나쁘지 않다.

"다시 한 번 열여덟 살로 되돌아가고 싶다고 생각한 적 있습니까?" 하고 나는 그녀에게 묻는다.

"글쎄요…… 없어요. 아마도" 하고 그녀는 잠시 생각하는 척하고는 빙그레 웃을 것이다.

"정말로?"

"네."

"잘 모르겠네요. 젊다는 건 근사한 일이라고 모두 말하잖아요."

"그렇죠, 근사한 일이죠."

"그런데 왜 되돌아가고 싶지 않다는 건가요?"

"당신도 나이를 먹으면 알게 될 거예요."

하지만 역시 나는 서른두 살이고, 일주일만 달리기를 게을리 하면 뱃살이 눈에 띄게 나오는 처지에 놓여 있다. 이제 열여덟 살로는 돌아갈 수 없다. 이건 당연한 일이다.

아침 달리기를 마치면 야채 주스를 한 잔 마시고, 의자에 드러누워 비틀스의 〈데이 트리퍼〉(day tripper, 당일치기 여행자라는 뜻 - 옮긴이)를 튼다.

〈데―이―트리퍼〉.

그 곡을 듣고 있으면, 열차의 시트에 앉아 있는 것 같은 기분이 된다. 전신주나 역이나 터널이나 철교나 소나 말이나 굴뚝 등 온갖 것들이 빠르게 뒤쪽으로 지나가버린다. 어디까지 달려도 별다른 경치가 나타나지는 않는다. 옛날엔 꽤 멋있는 경치처럼 여겨졌는데 말이다.

옆자리에 앉는 상대만이 가끔씩 바뀐다. 그때 내 옆에 앉아 있던 사람은 열여덟 살의 여자아이였다. 나는 창가에, 그녀는 통로 쪽에 앉아 있었다.

"자리를 바꿔줄까?" 하고 내가 묻는다.

"고마워요. 친절하시네요" 하고 그녀가 말한다.

친절한 게 아니란다, 하고 나는 쓴웃음을 짓는다. 너보다는 훨씬 더 따분함에 익숙해져 있는 것뿐이란다.

전신주 숫자를 세기에도 지쳤다.

서른두 살의

데이 트리퍼.

1981/8/20

뾰족구이의 성쇠

고작 과자 따위를 가지고 그러냐고 할지도 모르지만 까마귀
들에겐 그것이 전부인 것이다. 뾰족구이냐, 뾰족구이가 아니
냐, 그것만이 생존을 건 문제인 것이다.

별생각 없이 조간신문을 들춰보는데 구석 쪽에 '명과名菓 뾰족구이, 신제품 모집 대설명회'라는 광고가 실려 있었다. '뾰족구이'가 도대체 무엇일까? 하지만 '명과'라고 했으니까 역시 과자일 것이다. 나는 과자에 대해선 좀 할 말이 있는 사람이다. 게다가 한가하기도 해서, 그 '대설명회'라는 곳에 얼굴을 한번 내밀어보기로 했다.

대설명회는 호텔의 홀에서 열렸는데 차와 과자까지 마련되어 있었다. 과자는 물론 '뾰족구이'다. 나는 한 개를 집어먹어보았는데 특별히 감탄할 만한 맛은 아니었다. 단맛의 질은 끈적끈적했고, 껍질 부분도 너무 두꺼웠다. 요즘 젊은이들이 이런 걸 즐겨 먹으리라곤 도저히 생각할 수 없다.

그러나 설명회에 온 사람들은 나와 같은 또래거나, 아니면 조금 아래인 젊은 사람들뿐이었다. 내가 952번이라는 번호표를 받았는데, 그 뒤에도 백 명쯤은 더 왔으니까 대략 천 명 이상의 사람들이 이 설명회에 온 셈이었다. 대단하긴 하다.

내 옆에는 스무 살가량의 도수 높은 안경을 낀 여자가 앉아 있었다. 미인은 아니지만 비교적 성격이 좋아 보이는 여자였다.

"어때요, 아가씨는 지금까지 '뾰족구이'라는 걸 먹어본 적이 있나요?"

"당연하죠. 유명하니까요"라고 그녀가 말했다.

"하지만 그다지 맛있는 것……" 하고 내가 말하는 순간 그녀가 내 다리를 걷어찼다. 주변의 사람들이 내 쪽을 흘끗 보았다. 기분 나쁜 분위기였다. 하지만 나는 '곰돌이 푸'와 같은 천진난만한 표정을 짓고 그 순간을 슬쩍 넘어갔다.

"아저씬 바보네요. 여기 와서 뾰족구이 험담을 했다간, '뾰족 까마귀'한테 붙잡혀 살아 돌아가지 못하게 된다고요" 하고 얼마 후에 여자가 살며시 귓속말을 했다.

"뾰족 까마귀? 뾰족 까마귀라니……?" 하고 나는 깜짝 놀라 외쳤다.

"쉬—" 하고 여자가 말했다. 설명회가 시작되었다.

설명회에선 먼저 '뾰족제과' 사장이 뾰족구이의 역사에 대해 이야기했다.

헤이안 시대(8~12세기)에 누가 무엇을 해서 이렇게 된 것이 뾰족구이의 원형이라느니 하는 진위를 알 수 없는 이야기였다. 《고킨와카슈》(古今和歌集, 10세기 초 일본 다이고 천황 때 제작된 시집 – 옮긴이)에도 뾰족구이와 관련한 시가 들어 있다는 것이었다. 말도 안 되기 때문에 웃음이 터질 것 같았으나 주위 사람들이 모두 진지한 얼굴로 듣고 있었고, 뾰족 까마귀도 겁나고 해서 결국 웃지 않았다.

사장의 설명은 꼬박 한 시간이나 계속되었다. 지독하게 따분했다. 그가 말하고 싶은 것은 요컨대 '뾰족구이는 전통 있는 과자다' 라는 말뿐인 것이다. 그 말 한마디면 끝이다.

그다음으로 전무가 나와서 뾰족구이 신제품 모집에 대한 설명을 했다. 오랜 역사를 자랑하는 국민 명과 뾰족구이도 각각의 시대에 맞는 새로운 피를 수혈해 변증법적으로 발전해가지 않으면 안 된다는 설명이었다. 말은 그럴싸했지만 요약하면 뾰족구이의 맛이 진부해져서 매상이 떨어지고 있기 때문에 젊은 사람들의 아이디어가 필요하다는 것이다. 그렇다면 처음부터 그렇게 분명히 말하는 편이 낫다.

돌아올 때에 모집 요강을 받았다. 뾰족구이를 기반으로 한 과자를 만들어서 1개월 뒤에 지참하고 올 것, 상금은 200만 엔, 이라고 적혀 있다. 200만 엔이면 애인과 결혼해 새 아파트

로 이사 갈 수가 있다. 그래서 나는 새로운 뾰족구이를 만들기
로 했다.

앞에서도 말했듯이 나는 과자에 관해선 좀 아는 편이다. 팥
앙금과 크림과 파이 껍질 같은 것을 어떤 식으로든 만들 수 있
다. 한 달 안에 새롭고 현대적인 뾰족구이를 만들어내는 것쯤
은 간단한 일이다. 나는 마감 날 새로운 뾰족구이를 두 상자
만들어 뾰족제과 접수처로 가지고 갔다.

"맛있어 보이네요" 하고 접수처의 여자가 말했다.

"맛있어요" 하고 나는 말했다.

*　　　　*　　　　*

그로부터 한 달 뒤 뾰족제과로부터 내일 회사로 와주면 좋
겠다는 전화가 걸려왔다. 나는 넥타이를 매고 뾰족제과로 갔
다. 그리고 응접실에서 전무와 이야기했다.

"응모하신 신제품 뾰족구이는 사내에서도 상당한 호평을 받
았습니다. 그중에서도 에— 젊은 층의 평판이 좋았습니다" 하
고 전무는 말했다.

"거 참, 감사합니다"라고 내가 말했다.

"그러나 한편으론 말씀이야, 음— 나이 드신 분들 중에는

이건 뾰족구이가 아니다, 라고 하는 분들도 계시고 해서, 뭐 갑론을박하고 있는 상황이올시다."

"네에" 하고 나는 말했다. 대체 무슨 말을 하려고 하는 건지 통 알 수가 없었다.

"그래서 이참에 뾰족 까마귀님의 고견을 들어보는 것이 어떻겠느냐고, 중역회의에서 결정이 내려진 것입니다."

"뾰족 까마귀! 뾰족 까마귀라는 게 대체 뭡니까?"

전무는 영문을 모르겠다는 얼굴로 나를 보았다.

"아니, 귀하는 뾰족 까마귀님이 누구인지도 모르고 대회에 응모하셨단 말씀이오?"

"죄송합니다. 제가 세상사에 좀 서툴러서."

"곤란하군요"라고 말하고 전무는 고개를 저었다.

"뾰족 까마귀님에 대해 알지 못하신다는 건. ……하지만 뭐, 좋습니다. 제 뒤를 따라오시지요."

나는 그의 뒤를 따라 방을 나와 복도를 걸어서 엘리베이터를 타고 6층까지 올라갔다. 그리고 다시 복도를 걸어갔다. 복도 끝에 커다란 철문이 있었다. 버저를 누르자 건장한 체격의 수위가 나와 상대방이 전무임을 확인하고 나서 열쇠로 문을 열었다. 꽤나 엄중한 경비였다.

"이 안에 뾰족 까마귀님이 계십니다. 뾰족 까마귀란 분은 옛날 옛직부터 뾰족구이만을 드시며 살아오신 특수한 까마귀의 일족으로서……" 하고 전무가 말했다.

그 이상의 설명은 불필요했다. 방 안에는 백 마리 이상의 까마귀가 있었다. 높이 5미터가량의 휑뎅그렁한 창고 같은 방에 여러 개의 가로대가 쳐져 있었고 거기에 뾰족 까마귀들이 줄지어 앉아 있었다. 뾰족 까마귀는 보통 까마귀보다 몸집이 훨씬 커서 큰 놈은 몸길이가 1미터가량이나 되었고, 작은 놈도 60센티미터가량은 되었다. 자세히 보니 그것들에겐 눈이 없었다. 눈이 있어야 할 자리에는 허연 지방 덩어리가 달라붙어 있을 뿐이었다. 더구나 몸통은 팽팽할 정도로 부풀어 올라 있었다.

우리가 안에 들어서는 소리를 듣자 뾰족 까마귀들은 날개를 마구 퍼덕거리면서 일제히 뭔가를 외치기 시작했다. 처음 한동안은 단지 굉음으로밖에 들리지 않았으나, 이윽고 귀가 익숙해지자 그것들이 모두 '뾰족구이, 뾰족구이' 하고 외쳐대고 있는 것을 알 수 있었다. 보기만 해도 으스스한 모습이었다.

전무가 손에 들고 있던 상자 속에서 뾰족구이를 꺼내 바닥에 뿌리자, 백 마리의 까마귀들이 일제히 그것에 덤벼들었다. 그러고는 뾰족구이를 찾아서 서로의 발을 물어뜯고 눈을 쪼아댔다. 어이쿠, 저러니 눈이 없어져버릴 만도 했다.

그런 다음 전무는 아까와는 다른 상자에서 뾰족구이와 비슷한 과자를 꺼내 바닥에 와르르 뿌렸다.

"아시겠어요. 이건 뾰족구이 신제품 응모에서 낙선한 것입니다."

까마귀들은 앞서와 똑같이 그것에 몰려들었으나, 그것이 뾰족구이가 아닌 걸 알아채자 다시 내뱉고는 저마나 성난 소리를 질렀다.

뾰족구이!

뾰족구이!

뾰족구이!

그것들은 큰 소리로 외쳤다. 그 소리가 천장에서 되울려 귓속이 아플 지경이었다.

"보십시오, 진짜 뾰족구이밖엔 안 먹는답니다. 가짜엔 입도 대지 않아요" 하고 전무는 자랑스럽게 말했다.

뾰족구이!

뾰족구이!

뾰족구이!

"그럼 이번엔 귀하께서 만들어오신 새로운 뾰족구이를 뿌려봅시다. 먹으면 입선, 먹지 않으면 낙선입니다."

괜찮을까 하고 나는 불안해졌다. 뭔가 굉장히 불길한 예감이 들어 있기 때문이다. 도대체 이런 괴상한 동물에게 먹여보고 당락을 결정하다니 우스운 일이 아닌가. 그러나 전무는 나의 걱정 같은 건 아랑곳없이 내가 응모한 '새로운 뾰족구이'를 바닥에 가볍게 뿌렸다. 까마귀들은 다시 그것에 몰려들었다. 그러고 나서 혼란이 시작됐다. 어떤 까마귀는 만족해서 그걸 먹고, 어떤 까마귀는 그걸 뱉어내곤 **뾰족구이!** 하고 소리쳤다. 다음으로 그것을 먹지 못한 까마귀는 흥분해서 그걸 먹은 까마귀의 목덜미를 주둥이로 쪼았다. 이리저리 피가 튀었다. 다른 까마귀가 누군가 뱉어놓은 과자로 덤벼들었으나, **뾰족구이!** 하고 외치던 거대한 까마귀에 붙잡혀서 배가 찢겼다. 그런 식으로 난투가 시작되었다. 피가 피를 부르고, 증오가 증오를 불렀다. 고작 과자 따위를 가지고 그러냐고 할지도 모르지만 까마귀들에겐 그것이 전부인 것이다. 뾰족구이냐, 뾰족구이가 아니냐, 그것만이 생존을 건 문제인 것이다.

"저것 보십시오. 갑자기 저렇게 뿌려놓으니까 자극이 너무 강했던 겁니다" 하고 나는 전무에게 말했다.

그러고 나서 나는 혼자서 방을 나와 엘리베이터를 타고 아래로 내려온 뒤 뾰족제과 건물을 나왔다. 상금 200만 엔은 아까웠지만, 앞으로 남은 긴 인생을 저런 까마귀들을 상대하면서 살아간다는 건 참을 수 없는 일이었다.

나는 내가 먹고 싶은 것만 만들어 내 손으로 먹을 것이다.
까마귀 따위는 서로 쪼아대다 죽어버리면 그만이다.

치즈 케이크 같은 모양을 한 나의 가난

마치 우리를 위해 마련된 것 같은 집이었다. 우리는 갓 결혼

을 한, 자랑하는 건 아니지만, 기네스북에 실려도 이상하지

않을 만큼 가난했다.

우리는 그 땅을 '삼각지대'라고 부르고 있었다. 그 이외에 어떻게 부르면 좋을지 나는 잘 모르겠다. 그도 그럴 것이 그것은 자를 대고 그린 듯이 완전한 삼각형의 땅이었던 것이다. 나와 그녀는 그런 땅 위에서 살았다. 1973년인가 1974년 무렵의 이야기다.

'삼각지대'라고 해도 이른바 델타 모양을 연상해서는 곤란하다. 우리가 살던 '삼각지대'는 훨씬 가늘고 긴 쐐기 같은 모양이다. 좀 더 자세히 설명하자면 우선 풀 사이즈의 둥근 치즈 케이크를 머리에 떠올려주기 바란다. 그리고 그것을 칼로 12등분해주기 바란다. 즉 시계의 문자판 같은 모양으로 잘라나가는 것이다. 그 결과로는 당연히 끝의 각도가 30도인 케이크 조각 열두 개가 만들어진다. 그중 하나를 접시에 담고서 홍차라도 마시면서 차분히 바라봐주기 바란다. 그것이—그 끝이 뾰족하고 기다란 케이크 조각이—우리가 말한 '삼각지대'의 정확한 모양이다.

어째서 그처럼 부자연스런 모양의 땅이 만들어졌느냐고 당신은 물을지도 모른다. 혹은 묻지 않을지도 모른다. 어느 쪽이든 좋다. 왜 그렇게 되었는지는 나도 잘 모른다. 그 마을 사람에게 물어보아도 잘 몰랐다. 그것은 훨씬 먼 옛날부터 삼각형이었고 지금도 삼각형이며 앞으로도 계속 삼각형일 것임에 틀림없다는 정도의 사실밖에 몰랐다. 그 마을 사람들은 그 '삼각지대'에 대해서는 별로 이야기하고 싶지도 않고 생각하고 싶지도 않다는 듯한 태도를 보였다. 왜 '삼각지대'가 그런 식으로—귀 뒤에 있는 사마귀처럼—냉담하게 취급되는지, 그 이유는 잘 알 수 없었다. 아마도 이상한 모양을 하고 있기 때문이리라.

'삼각지대'의 양옆에는 두 종류의 철도선이 뻗어 있었다. 하나는 국영 철도선이고, 또 하나는 민영 철도선이다. 그 두 개의 철도선은 상당한 거리를 뻗어오다가 이 쐐기의 뾰족한 끝부분을 분기점으로, 마치 갈라지는 것처럼 부자연스런 각도로 꺾이며 북쪽과 남쪽으로 각기 방향을 달리하고 있다. 이것은 꽤 볼 만한 광경이다. '삼각지대'의 뾰족한 끝부분에서 전차가 오가는 걸 바라보고 있으면 마치 파도를 가르고 바다 위를 돌진해가는 구축함의 함교에 서 있는 듯한 기분이 든다.

그러나 살아가는 데 있어서의 쾌적함이나 거주성居住性이라는 관점에서 보면 '삼각지대'는 정말 엉망진창인 곳이었다. 우선 소음이 지독했다. 그도 그럴 것이 두 개의 철도선 사이에 꽉 끼여 있는 셈이므로 시끄럽지 않을 수가 없다.

현관문을 열면 눈앞에 전차가 달리고 있고 뒤쪽 창문을 열면 거기는 거기대로 또 다른 전차가 달리고 있다. 눈앞이라는 표현은 결코 과장이 아니다. 실제로 승객과 눈이 마주쳐 인사할 수 있을 정도로 가까이 전차가 달리기 때문이다. 지금 생각해봐도 대단한 곳이었다는 느낌이 든다.

하지만 막차가 지나가버리면 그다음은 조용하지 않느냐고 당신은 말할지도 모른다. 보통은 그렇게 생각한다. 나 역시 실제 이사 올 때까지는 그렇게 생각하고 있었다. 그러나 거기에는 막차 따위는 존재하지 않았다. 여객열차가 새벽 한 시 전에 모든 운행을 끝내버리면 이번에는 심야에 운행되는 화물열차들이 그 뒤를 이어 달렸다. 그리고 새벽녘까지 화물열차들이 모두 지나가고 나면 이튿날의 여객 수송이 시작된다. 이러한 일들이 매일 되풀이되는 것이다.

아이고 맙소사.

우리가 일부러 그런 곳을 골라서 살게 된 것은 무엇보다도 집세가 쌌기 때문이다. 단독주택으로 방이 셋이고, 목욕탕이 딸려 있고, 작은 마당까지 있었는데도 다다미 여섯 장 크기의 방 한 칸짜리 아파트와 거의 같을 정도의 집세였다. 단독주택이니까 고양이 같은 것도 기를 수 있다. 마치 우리를 위해 마련된 것 같은 집이었다. 우리는 갓 결혼을 한, 자랑하는 건 아니지만, 기네스북에 실려도 이상하지 않을 만큼 가난했다. 우리는 역 앞의 부동산 가게에 붙은 쪽지에서 그 셋집을 발견했다. 조건과 집세와 방의 배치 등을 감안할 때 그것은 놀라울 정도로 쌌다.

"쌉니다, 싸요. 뭐 꽤 시끄럽긴 해도 그것만 참을 수 있으면 거저 줍는 거나 다름없다고 할 정도요" 하고 대머리 부동산 업자가 말했다.

"하여튼 보여주시겠어요?" 하고 나는 물었다.

"좋아요. 하지만 당신들만 다녀오지 않겠어요? 나는 거기 가면 머리가 아파요."

그는 열쇠를 빌려주고, 집까지 가는 약도를 그려주었다. 태평스런 부동산 업자다.

역에서 바라보면 '삼각지대'는 아주 가깝게 보인다. 그런데 실제로 걸어가보면 거기에 도달하기까지 꽤나 시간이 걸린다. 철도선로를 빙 돌아 우회하고, 육교를 건너고, 지저분한 고갯

길을 오르내리고 나서야 겨우 '삼각지대'의 뒤쪽으로 돌아 들어가는 것이다. 주위에는 가게라든가 그런 건 하나도 없었다. 정말 초라한 곳이었다.

나와 그녀는 '삼각지대'의 뾰족한 끝부분에 덩그렇게 서 있는 집 안으로 들어가 한 시간쯤 거기서 멍하니 있었다. 그동안 꽤 많은 전차들이 집의 양쪽을 지나갔다. 급행열차가 지나가면 유리창이 덜컹거렸다. 전차가 지나가는 동안에는 서로의 이야기가 들리지 않았다. 무엇인가를 한창 이야기하고 있을 때 전차가 지나가면, 우리는 입을 다물고 전차가 완전히 지나가기를 기다렸다. 조용해져서 우리가 다시 이야기를 시작하면 금방 다음 전차가 달려왔다. 그러한 것을 두고 커뮤니케이션의 분단이라고 해야 하나, 분열이라고 해야 하나, 상당히 장 뤽 고다르(프랑스 누벨바그의 영화감독―옮긴이)풍이다.

그래도 소음을 제외하면, 집의 분위기 자체는 꽤 괜찮았다. 구조는 확실히 고풍스럽고 전체적으로 흠이 난 곳들이 있었지만 도쿄노마(일본식 방의 상좌에 바닥을 한층 높게 만든 곳. 보통 객실에 꾸밈―옮긴이)나 덧문 밖에 툇마루 등이 있어 좋은 느낌을 주었다. 창문으로 비쳐드는 봄 햇살이 다다미 위에 작은 사각의 '빛 덩어리'를 만들어내고 있었다. 그것은 아주 옛날 내가 정말 작은 어린아이였던 시절에 살았던 집과 비슷했다.

"이 집에 세를 들기로 하지. 확실히 시끄럽기 하지만 어떻게든 익숙해질 거야" 하고 나는 말했다.

 "당신이 그렇게 말한다면, 그것으로 좋아요" 하고 그녀는 말했다.

 "여기서 이런 식으로 가만히 있으니까 마치 내가 결혼해서 가정을 갖고 있는 것 같은 기분이 드는군."

 "하지만 정말로 결혼했잖아요?"

 "그야 그렇지만" 하고 나는 말했다.

 우리는 부동산으로 되돌아가 세를 들겠다고 말했다.

 "시끄럽지 않았어요?" 하고 머리가 벗겨진 부동산 업자가 물었다.

 "그야 시끄럽긴 하지만 그럭저럭 익숙해질 거예요" 하고 나는 말했다.

 부동산 업자는 안경을 벗어 거즈로 렌즈를 닦고 찻잔에 담긴 차를 한 모금 마시고 나서 안경을 다시 끼고 내 얼굴을 보았다.

 "하긴, 젊으니까" 하고 그는 말했다.

 "네에" 하고 나는 대답했다.

 그리고 우리는 임대 계약서를 주고받았다.

이사는 친구의 라이트밴 한 대로도 충분했다. 이부자리와 옷가지, 식기, 전기 스탠드, 몇 권의 책 그리고 고양이 한 마리, 그것이 우리의 전 재산이었다. 라디오도 없고 텔레비전도 없었다. 세탁기, 냉장고, 식탁, 가스스토브, 전화, 물 끓이는 주전자, 진공청소기, 토스터 무엇 하나 없었다. 우리는 그만큼 가난했다. 그래서 이사라고 해봤자 겨우 삼십 분밖에 걸리지 않았다. 돈이 없으면 없는 대로 인생은 지극히 간단해진다.

이사를 거들어주던 친구는, 두 선로 사이에 끼인 우리의 새 거주지를 보고 꽤 놀란 듯했다. 그는 이사를 끝낸 다음에 내 쪽을 향해 뭔가를 말하려고 했는데, 마침 급행열차가 지나갔기 때문에 아무 말도 들리지 않았다.

"뭐라고 말했어?"

"정말 이런 곳에도 사람이 사는구나" 하고 감탄한 듯이 그는 말했다.

결국 우리는 그 집에서 2년을 살았다.

매우 허술하게 지어진 집이라 사방의 틈새에서 바깥바람이 들어왔다. 덕분에 여름에는 쾌적했지만, 그 대신 겨울철에는 지옥 같았다. 스토브를 살 돈도 없었기 때문에 해가 지면 나와 그녀와 고양이는 이불 속으로 파고들어가, 말 그대로 서로 껴안고 잠을 잤다. 아침에 일어나보면 부엌의 싱크대 물이 얼어붙어 있곤 했다.

겨울이 가고 봄이 왔다. 봄은 근사한 계절이었다. 봄이 오자 나도 그녀도 고양이도 한숨 돌렸다. 4월에는 철도 파업이 며칠간 계속되었다. 파업을 하면 우리는 정말 행복했다. 전차는 하루 종일 단 한 대도 선로 위를 달리지 않았다. 나와 그녀는 고양이를 안고 선로로 내려가 햇볕을 쬐었다. 마치 호수 바닥에 앉아 있는 것처럼 고요했다. 우리는 젊고, 갓 결혼했고, 햇볕은 공짜였다.

나는 지금도 '가난'이라는 말을 들을 때마다 그 삼각형의 가늘고 긴 땅을 떠올린다. 지금 그 집에는 대체 어떤 사람이 살고 있을까?

스파게티의 해에

봄, 여름, 가을 그리고 나는 스파게티를 계속 삶았다. 그건
마치 무엇인가에 대한 복수 같기도 했다. 배신한 애인이 보
내온 낡은 연애편지 다발을 난롯불 속에 집어넣는 고독한 여
자처럼 나는 스파게티를 계속 삶았다.

1971년, 그해는 스파게티의 해였다.

1971년, 나는 살기 위해 스파게티를 삶고 있었고 스파게티를 삶기 위해 살고 있었다. 알루미늄 냄비에서 피어오르는 증기야말로 나의 자랑이었고 소스 팬 속에서 부글거리며 끓고 있는 토마토소스야말로 나의 희망이었다.

독일산 셰퍼드를 목욕시키는 데에도 쓸 수 있을 만큼 거대한 알루미늄 냄비를 구입하고, 키친 타이머를 사고, 외국인 대상의 슈퍼마켓을 돌며 기묘한 이름의 조미료들을 사고, 서양 원서를 파는 책방에서 스파게티 전문 서적을 찾아내고, 박스 단위로 토마토를 샀다.

마늘, 양파, 샐러드 오일과 기타 다른 재료들의 냄새는 미세한 입자가 되어 공중으로 흩어졌다 혼연일체가 되어 단칸방의 구석구석으로 스며들었다. 그것은 뭐랄까 고대 로마의 하수도

와도 같은 냄새였다.

기원 1971년, 스파게티의 해에 있었던 일들이다.

*

기본적으로 나는 혼자서 스파게티를 삶고, 혼자서 스파게티를 먹었다. 무슨 계기로 누군가와 둘이 먹는 경우도 없지는 않았지만, 그래도 혼자서 먹는 것을 훨씬 좋아했다. 스파게티라는 건 혼자서 먹어야 하는 요리 같은 기분이 들었다. 이유 따위는 알 수 없다.

스파게티에는 늘 홍차와 샐러드가 따라붙는다. 포트에 넣은 세 잔 분량의 홍차와 양상추와 오이만 섞은 샐러드였다. 그것들을 식탁에 가지런히 늘어놓고, 신문을 대충 훑어보며 시간을 들여서 천천히 혼자 스파게티를 먹었다. 일요일에서 토요일까지 스파게티를 먹는 날들이 이어졌고 그게 끝나면 새로운 일요일부터 새로운 스파게티의 날들이 시작되었다.

혼자서 스파게티를 먹고 있으면 금방이라도 방문을 노크하는 소리가 나고 누군가가 방 안으로 들어올 것 같은 느낌이 들었다. 비 오는 날의 오후는 특히 더 그랬다.

내 방을 찾아오려고 하는 인물은 그때마다 달랐다. 어떤 때는 알지도 못하는 사람이었고, 어떤 때는 본 적이 있는 사람이었다. 어떤 때는 고등학교 시절 단 한 번 데이트한 적이 있는, 다리가 가느다란 아가씨였고, 어떤 때는 몇 년 전의 나 자신이었으며, 어떤 때는 제니퍼 존스를 데리고 온 윌리엄 홀든이기도 했다.

윌리엄 홀든?

그러나 그들은 누구 하나 방에 들어오지 않았다. 그들은 작심이라도 한 듯이 방 앞을 서성거리기만 할 뿐 결국은 노크도 하지 않고 어디론가 떠나갔다.

밖에는 비가 온다.

봄, 여름, 가을 그리고 나는 스파게티를 계속 삶았다. 그건 마치 무엇인가에 대한 복수 같기도 했다. 배신한 애인이 보내 온 낡은 연애편지 다발을 난롯불 속에 집어넣는 고독한 여자처럼 나는 스파게티를 계속 삶았다.

나는 짓밟혀진 시간의 그림자를 그릇 속에서 독일 셰퍼드와도 같은 모양으로 반죽한 뒤 펄펄 끓는 물속에 집어넣고 소금을 뿌렸다. 그리고 긴 젓가락을 손에 들고 알루미늄 냄비 앞에 서서 키친 타이머가 땡 하고 비통한 소리를 낼 때까지 한 발짝도 그곳을 벗어나지 않았다.

스파게티들은 굉장히 교활했기 때문에 나는 그들로부터 눈을 뗄 수가 없었다. 그들은 금방이라도 냄비 가장자리를 슬며시 미끄러져나와 밤의 어둠 속으로 흩어져버릴 것 같았다. 열대의 정글이 원색의 나비들을 영겁의 시간 속으로 삼켜버리는 것처럼 밤도 역시 가만히 숨을 죽이고 스파게티들을 기다리고 있었던 것이다.

스파게티 폴로네즈

스파게티 바실리코

스파게티 페시

소 혓바닥 스파게티

스파게티 모시조개 토마토소스

스파게티 카르보나라

마늘 스파게티

그리고 냉장고 속의 남은 음식을 아무렇게나 집어넣어 만든 이름도 없는 비극적인 스파게티들.

스파게티들은 증기 속에서 태어나, 시냇물처럼 1971년이라는 시간의 비탈을 흘러내리고, 그리고 사라져버렸다.

나는 그들을 애도한다.

1971년의 스파게티들.

　　　　*　　　　　*　　　　　*

　세 시 이십 분에 전화벨이 울렸을 때, 나는 다다미 바닥에 드러누워 가만히 천장을 바라보고 있었다. 겨울의 햇살이 마침 내가 누워 있는 부분에만 빛의 풀을 만들고 있었다. 나는 마치 죽은 파리처럼 1971년 12월의 햇살 속에서 몇 시간이나 멍하니 드러누워 있었다.

　처음에는 그것이 전화벨 소리로 들리지 않았다. 공기의 층 사이를 조심스럽게 미끄러져 들어온, 본 적 없는 기억의 단편, 그런 것이었다. 벨 소리가 여러 번 울리는 동안 그것은 이윽고 전화벨 소리로서의 형식을 갖추기 시작하고 마지막에는 100퍼센트 확실한 전화벨 소리가 되었다. 100퍼센트의 현실의 공기를 진동시키는 100퍼센트의 전화벨 소리다. 나는 누워 있던 자세 그대로 손을 뻗어 수화기를 집어들었다.

　전화를 걸어온 상대는 한 아가씨였다. 아주 인상이 희미한, 오후 네 시 반에는 어디론가 사라져버릴 것 같은 아가씨였다. 그녀는 내가 아는 사람의 예전 애인이었다. 대단한 관계는 아니다. 어디선가 만나면 인사를 나눌 정도이다. 그럴싸해 보이는 기묘한 이유가 몇 년인가 전에 그와 그녀를 연인 사이로 만들었고, 똑같은 이유가 몇 달 전에 두 사람을 갈라놓았다.

"그 사람, 어디에 있는지 가르쳐주지 않겠어요?" 하고 그녀는 말했다.

나는 전화기를 바라보고, 전화기의 코드를 줄곧 눈으로 쫓아보았다. 코드는 제대로 전화기에 연결되어 있었다.

"왜 나에게 묻는 거죠?"

"아무도 가르쳐주지 않으니까요. 어디에 있죠?" 하고 그녀는 차가운 목소리로 말했다.

"몰라요" 하고 나는 말했다. 말은 했지만, 그것은 전혀 내 목소리로 들리지 않았다.

그녀는 입을 다물고 있었다.

수화기는 얼음 덩어리처럼 차가워졌다.

그리고 내 주위의 모든 게 얼음 덩어리로 변해갔다. 마치 J. G. 발라드의 사이언스 픽션의 장면처럼.

"정말로 몰라요. 아무 말도 없이 어디론가 사라져버렸어요" 하고 나는 말했다.

전화기 저편에서 그녀는 웃었다.

"그 정도로 세심한 남자가 아니에요. 큰 소리로 떠들어대는 것 외에는 아무것도 하지 않는 남자인걸요."

확실히 그녀가 말한 그대로다. 그 정도로 세심한 남자가 아니다.

하지만 나로서는 그가 있는 곳을 가르쳐줄 수는 없었다. 내가 가르쳐준 것을 알면, 이번에는 그쪽이 나에게 전화를 걸어올 것이다. 쓸데없는 소란에 말려들기는 싫었다. 나는 뒷마당에 깊은 구멍을 파고, 모든 걸 거기에 묻어버린 것이다. 이젠 누구도 그것을 다시 파낼 수는 없다.

"미안하지만" 하고 나는 말했다.

"당신은 나를 싫어하는 거죠?" 하고 갑자기 그녀가 말했다.

어떻게 대답하면 좋을지, 나로선 알 수 없었다. 원래부터 그녀에게는 인상 같은 게 없었기 때문이다.

"미안하지만" 하고 나는 되풀이해 말했다. "지금 스파게티를 삶고 있는 중이에요."

"네?"

"스파게티를 삶고 있다고요."

나는 냄비 속에 공상空想의 물을 붓고, 공상의 성냥으로 공상의 불을 붙였다.

"그래서요?" 하고 그녀는 말했다.

나는 펄펄 끓는 물에 공상의 스파게티 다발을 살짝 밀어넣고, 공상의 소금을 뿌리고, 공상의 키친 타이머를 십오 분에 맞췄다.

173

"그래서 지금은 손을 놓을 수기 없어요. 스파게티가 잉키기 때문이에요."

그녀는 잠자코 있었다.

"무척 까다로운 요리군요."

수화기는 내 손 안에서 다시 빙점 아래의 언덕길을 내려가기 시작했다.

"그러니까 나중에 한 번 더 전화를 걸어주지 않겠어요?"

나는 당황하여 그렇게 덧붙여 말했다.

"스파게티를 한창 삶고 있는 중이니까?" 하고 그녀가 말했다.

"네, 그래요."

"혼자서 먹을 건가요?"

"그래요."

그녀는 한숨을 쉬었다.

"하지만 정말 곤란한데."

"도움이 되지 못해 미안해요."

"돈 문제도 있고요."

"네."

"돌려받았으면 좋겠어요."

"미안하지만."

"스파게티 말이군요."

"네."

그녀는 힘없이 웃었다.

"안녕히 계세요."

"안녕히 계세요" 하고 나도 말했다.

전화를 끊었을 때 바닥 위에 있던 빛의 풀은 몇 센티미터인가 이동해 있었다. 나는 그 햇살 속에 한 번 더 드러누워 천장을 올려다보았다.

*　　　*　　　*

영원히 삶아지는 일 없이 끝나버린 한 다발의 스파게티에 대해 생각하는 것은 슬프다.

그녀에게 모든 걸 알려주었어야 했을지도 모른다고 지금에 와서는 후회하고 있다. 어차피 상대는 대단한 남자가 아니었으니까. 화가인 체하며 시시껄렁한 추상화를 그리고, 말만 번지르르한 실없는 남자였다. 게다가 그녀는 정말로 돈을 돌려받고 싶었을 것이었다.

그녀는 어떻게 되었을까?

오후 네 시 반의 그림자에 삼켜져버린 건 아닐까?

듀럼 세모리나.

이탈리아의 평야에서 자란 황금색 보리.

1971년에 자신들이 수출했던 물건이 '고독'이었다는 것을 알았다면, 이탈리아 사람들은 아마도 놀라 입이 딱 벌어졌을 것이다.

논병아리

"물과 관계가 있고 손에 넣을 수는 있어도 먹을 수는 없는 것

이라." "그 말 그대로입니다." "논병아리"라고 나는 말했다.

콘크리트로 된 좁은 계단을 내려가자 그 앞으로 긴 복도가 곧장 이어져 있었다. 천장이 무척 높기 때문인지 복도는 마치 물이 말라버린 배수구처럼 보였다. 군데군데 불이 켜진 형광등들은 먼지를 잔뜩 뒤집어쓴 숯처럼 보였고, 거기서 나오는 빛은 촘촘한 그물이라도 빠져나온 듯 균일하지 않았다. 게다가 전구도 세 개 중에 한 개는 꺼져 있었다. 자신의 손바닥을 들여다보는 것조차 힘들 정도였다. 주변에는 소리 하나 없다. 운동화의 고무 밑창이 콘크리트를 디딜 때 내는 기묘하게 단조로운 소리만이 어두운 복도에 울려 퍼지고 있었다.

200미터나 300미터쯤, 아니 1킬로미터는 걸었을 것이다. 나는 아무것도 생각하지 않고 오로지 계속 걸어갔다. 그곳에는 거리 감각도 없었고 시간 감각도 없었다. 걷고 있는 동안 앞으로 나아가고 있다는 감각조차 없어져버린다. 그렇다곤 해도 아무튼 앞으로는 가고 있을 것이다. 나는 갑자기 T자형 길의 한가운데에 서 있었다.

T자형 길?

나는 윗도리의 주머니에서 꾸깃꾸깃해진 엽서를 꺼내어 다시 천천히 읽어보았다.

"복도를 곧장 지나가십시오. 막다른 곳에 문이 있습니다." 엽서에는 이렇게 씌어 있다. 나는 막다른 곳의 벽을 주의 깊게 살펴보았으나 그곳에는 문의 그림자 같은 것도 없었다. 더욱이 문이 달려 있었던 흔적도 없었으며 앞으로 문이 달릴 것 같은 기미도 없다. 그것은 실로 깨끗한 콘크리트 벽으로, 콘크리트 벽이 원래 갖고 있는 특질 외에는 어느 것 하나 눈에 띄는 것이 없었다. 형이상학적인 문도, 상징적인 문도, 비유적인 문도, 전혀 아무것도 아니다.

아이고 맙소사.

나는 콘크리트 벽에 기대어 서서 담배를 한 개비 피웠다. 이제부터 어쩌면 좋지? 앞으로 더 나아갈까, 아니면 이대로 돌아서버릴까.

그렇다고는 해도 솔직히 그렇게 열심히 헤매고 다닌 것은 아니다. 사실을 말하자면 내게는 앞으로 나아가는 것밖에는 길이 없었던 것이다. 나는 궁핍한 생활은 지겨울 만큼 충분히

겪었다. 할부금 납입도, 헤어진 아내에게 보내는 이혼수당도, 좁은 아파트도, 욕실의 바퀴벌레도, 러시아워의 지하철도, 그 어느 것도 지긋지긋했다. 그래서 간신히 찾아낸 멋진 일이 바로 이것이었다. 일은 재미있고 급료는 눈이 튀어나올 정도로 좋다. 1년에 두 차례 보너스와 여름의 장기 휴가도 있다. 문 한 짝, 갈림길 하나 정도로 포기할 수는 없다.

나는 운동화 바닥으로 담배를 비벼 끄고는 10엔짜리 동전을 허공에 던진 뒤 손등에 올려놓았다. 앞면. 그래서 나는 오른쪽 복도로 나아갔다.

복도는 오른쪽으로 두 번 꺾이고 왼쪽으로 한 번 꺾었다. 열 개째의 계단을 내려가자 다시 오른쪽으로 꺾었다. 공기는 커피 젤리(커피 액을 젤라틴으로 굳힌 과자–옮긴이)처럼 차갑게 느껴졌다. 나는 돈을 생각하고, 에어컨이 켜진 기분 좋은 사무실을 생각하고, 멋진 여자아이를 생각하면서 계속 걸었다. 하나의 문에 닿기만 하면 그런 모든 것을 손에 넣을 수 있을 것이었다.

이윽고 앞쪽에서 문이 보이기 시작했다. 멀리서 볼 때 그것은 오랫동안 사용한 차표처럼 보였지만 가까이 갈수록 조금씩 문의 형체를 띠기 시작하더니 끝내는 하나의 문이 되었다.

도어(door), 뭐랄까 멋진 울림이다.

나는 헛기침을 한 번 하고 난 뒤 문을 가볍게 노크하고 한 발 내려서서 대답을 기다렸다. 십오 초가 지났는데도 대답이 없다. 다시 한 번, 이번에는 약간 강하게 노크하고 다시 한 발 내려섰다. 대답이 없다.

내 주변의 공기가 조금씩 딱딱해지기 시작했다.

불안에 쫓기며 세 번째 노크를 하려고 발을 내딛는 순간 문이 소리도 없이 열렸다. 마치 어디에선가 불어온 바람에 밀려 열린 것처럼 지극히 자연스럽게 열리는 모양새였지만 물론 문이 지극히 자연스럽게 열릴 리는 없는 것이다. 전등 스위치를 올리는 딸각 하는 소리가 들리고 나서 한 사람의 사내가 내 앞에 모습을 드러냈다.

이십대 중반쯤 되는 사내로, 키는 나보다 5센티미터 정도 작았다. 머리를 막 감은 듯 머리카락에서 물방울을 뚝뚝 흘리며 적갈색 목욕 가운으로 맨몸을 감싸고 있었다. 발은 부자연스러울 정도로 희고 가늘다. 신발 사이즈는 22 정도 될까. 습자지 견본 같은 밋밋한 얼굴을 하고 있었지만 입가에는 인심 좋아 보이는 미소를 띠고 있었다.

"미안합니다, 목욕을 하고 있던 참이라."

"목욕이요?"

그렇게 말하고 나는 반사적으로 손목시계에 눈을 돌렸다.

"규칙이라서요. 점심을 먹고 난 뒤에는 반드시 목욕을 해야 합니다."

"그렇군."

나는 감탄했다.

"그런데 용건은 뭐죠?"

나는 윗도리의 주머니에서 먼저의 그 엽서를 꺼내 사내에게 건넸다. 사내는 물에 젖지 않도록 손가락으로 엽서를 쥐고 몇 번이고 반복해서 읽었다.

"오 분 정도 늦은 것 같은데……."

나는 변명했다.

사내는 흐음 하는 소리를 내며 고개를 끄덕이고 나서 나에게 엽서를 돌려줬다.

"이곳에서 일하게 됐군요."

"그렇소."

나는 대답했다.

"나는 아무 말도 듣지 못했는데, 뭐 어쨌든 윗분께 말씀드려 보죠."

"고맙소."

"그런데 암호는 뭐죠?"

"암호라니?"

"암호에 대해 아무것도 들은 게 없나요?"

나는 아연해져서 고개를 가로저었다.

"아무것도……."

"그래선 곤란한데요. 암호가 없으면 누구도 통과시키면 안 된다고 윗분한테서 엄하게 당부를 받고 있어서요."

나는 다시 한 번 엽서를 꺼내 보았지만 암호에 대해 쓰여 있는 말은 역시 없었다.

"틀림없이 쓰는 걸 깜빡했을 거요." 나는 말했다. "어쨌든 윗분께 말씀을 좀 넣어줄 수는 없을까."

"그러니까 그 때문에 암호가 필요한 거라고 말했죠."

그는 그렇게 말하고 주머니에 있는 담배를 찾는 듯했으나 공교롭게도 목욕 가운에는 주머니가 없었다.

나는 내 담배를 한 개비 꺼내어 라이터로 불을 붙여주었다.

"미안합니다…… 그런데 뭐냐 그…… 암호 같은 건 기억나지 않나요?"

무리한 이야기였다. 암호 같은 건 생각나지도 않는다. 나는 고개를 저었다.

"나도 이런 엄청 번거로운 일이 맘에 들진 않지만, 뭐 윗분에게는 윗분 나름대로의 생각이 있으니까요. 제 말 이해하시죠?"

"이해하오."

"나보다 앞서 이 일을 했던 녀석도 암호를 잊어버린 손님 한 명을 말씀드린 것만으로 목이 달아나버렸지요. 요즘 좋은 직업은 드무니까요."

나는 고개를 끄덕였다.

"자, 이러면 어떨까, 조금만 힌트를 주면 안 될까?"

사내는 문에 기대어 선 채 담배 연기를 허공에다 내뿜고 있었다.

"그런 건 금지되어 있습니다."

"아주 조금이면 되는데."

"하지만 어딘가 마이크가 숨겨져 있을지도 몰라요."

"그런가."

사내는 잠시 망설이더니 작은 목소리로 나에게 귓속말을 했다.

"좋아요, 아주 간단한 말인데 물과 관계가 있어요. 손에 넣을 수는 있어도 먹을 수는 없는 것."

이번에는 내가 고민할 차례였다.

"첫 글자는?"

'가' 라고 그가 말했다.

"조개껍데기(貝殼, 가이가라─옮긴이)."

내가 말해보았다.

"틀렸어요." 그가 말했다. "나머지 두 번."

"두 번?"

"두 번 더 틀리면 그대로 끝입니다. 안됐다고 생각하지만 나로서도 위험을 무릅쓰고 규칙을 어길 수는 없으니까요."

"고맙군. 하지만 조금만 더 힌트를 주면 고맙겠는데. 가령 단어가 몇 글자라든가……."

나는 말했다.

"지금 통째로 가르쳐달라고 말하는 겁니까?"

"그럴 리가. 단지 글자 수만 알려주면 되오."

이렇게 말하며 나는 시치미를 뗐다.

"다섯 글자." 그는 포기했다는 듯이 말했다. "아버지가 말씀하신 그대로군."

"아버지?"

"아버지가 자주 그러셨죠. 다른 사람의 신발을 닦아주면 그다음은 신발 끈을 묶어줘야 된다, 라고."

"과연 그렇군."

나는 맞장구를 쳤다.

"어쨌든 다섯 글자입니다."

"물과 관계가 있고 손에 넣을 수는 있어도 먹을 수는 없는 것이라."

"그 말 그대로입니다."

"논병아리(가이쓰부리–옮긴이)"라고 나는 말했다.

"논병아리는 먹을 수 있어요."

"정말?"

"그럼요, 맛은 없을지 몰라도." 그는 자신이 없는 투로 말했다. "게다가 손에 넣을 수도 없어요."

"본 적이 있소?"

"아니요." 그가 말했다.

"논병아리. 손에 올려놓을 수 있는 논병아리는 아주 맛이 없어서 개도 먹지 않지."

나는 다시 이렇게 말하고 억지를 썼다.

"잠깐만요, 우선 암호는 논병아리가 아니에요."

"하지만 물과 관계가 있고, 손에 넣을 순 있어도 먹지는 못하고, 또 다섯 글자잖소."

"당신의 말은 이치에 안 맞아요."

"어디가 그렇소?"

"암호는 논병아리가 아니니까요."

"자, 그럼 뭐요?"

그는 그 순간 딱 잘라 말했다.

"그건 말할 수 없죠."

나는 능력이 허락하는 한 최대한 차갑게 말했다.

"논병아리 외에 물과 관계가 있고, 손에 넣을 순 있어도 먹을 수 없는 것 중에 다섯 글자로 된 단어는 하나도 없소."

"하지만 있어요."

그는 울 듯한 목소리로 말했다.

"없소."

"있어요."

"있다고 해도 증거가 없지"라고 나는 말했다. "게다가 논병아리는 모든 조건을 충족하고 있잖소."

"하지만 그…… 손에 올려놓을 수 있는 논병아리를 좋아하는 개가 어딘가는 있을지도 모르지 않아요."

"어디 있다고? 그리고 어떤 개라고?"

"으―음" 하고 그가 낮게 신음했다.

"나는 개라면 어떤 것이든 알고 있지만 손에 올려놓을 수 있는 논병아리를 좋아하는 개 따윈 본 적도 없소."

"그렇게 맛이 없나요?"

"소름 끼치도록 맛없지."

"당신은 먹어본 적이 있어요?"

"없소. 그렇게 맛없는 것을 왜 먹어야 한다는 거요?"

"그건 그렇지만."

"어쨌든 윗분에게 말씀드려주지 않겠소?" 나는 딱 잘라 말했다. "논병아리."

"할 수 없군" 하고 그는 말했다. "일단 말씀을 드려보죠. 무리라고 생각하지만."

"고맙소. 신세를 졌군." 나는 말했다.

"그런데 손에 올려놓을 수 있는 논병아리는 정말 있나요?"

"있고말고."

손에 올려놓을 수 있는 논병아리는 벨벳 천으로 안경 렌즈를 닦고 한숨을 쉬었다. 오른쪽 아래 어금니가 욱신욱신 쑤셔왔다. 치과의사라고, 그는 생각한다. 이젠 진저리가 난다. 치과의사, 확정 신고, 자동차 할부, 에어컨 고장…… 그는 가죽을 씌운 팔걸이의자 등받이에 머리를 기대고 죽음에 대해 곰곰이 생각해보았다. 죽음은 바다의 바닥처럼 고요했다.

손에 올려놓을 수 있는 논병아리 여기 잠들다.

그때 인터폰의 버저가 울렸다.

"뭔가?"

손에 올려놓을 수 있는 논병아리가 기계에 대고 소리쳤다.

"손님입니다."

수위의 목소리가 들렸다.

손에 올려놓을 수 있는 논병아리는 손목시계를 봤다.

"십오 분 지각."

사우스베이 스트럿
―두비 브라더스의 〈사우스베이 스트럿〉을 위한 BGM

사우스베이 시티에는 비가 거의 내리지 않는다. 그곳에서는

죽은 시체보다 손수레가 더 정중한 취급을 받는다.

대부분의 남캘리포니아 땅이 그런 것처럼 사우스베이에는 비가 거의 내리지 않는다. 물론 전혀 내리지 않는 건 아니지만 비라는 현상이 기본적인 반응을 수반하는 관념으로서 사람들 속에 깊이 스며들 정도로는 내리지 않는다. 즉 보스턴이나 피츠버그에서 온 누군가가 "정말 비가 내리는 것처럼 지긋지긋하군" 하고 말했다고 해도 사우스베이 사람들이 그 뉘앙스를 이해하는 데 남들보다 반 호흡 정도 시간이 더 걸린다는 말이다.

남캘리포니아라고는 해도 사우스베이에는 서핑하기 좋은 장소도 없고, 인기 있는 자동차경주 코스나 유명 영화배우의 저택도 없다. 단지 비가 거의 내리지 않을 뿐이다. 이 도시에는 레인코트보다 불량배들의 숫자가, 우산보다는 주사기의 숫자가 훨씬 많다. 만灣의 입구 가까운 곳에서 근근이 생계를 꾸려가고 있는 새우잡이 어부가 가슴에 45구경 총알 세 발을 맞은 사체를 끌어올렸다고 해도 그것은 그다지 놀랄 만한 사건이 아니며, 롤스로이스를 탄 흑인이 다이아몬드 귀걸이를 달고 있었고 게다가 그가 은으로 만든 담배 케이스로 젊은 백인 여자를 후려치고 있었다 해도 그것이 그다지 보기 드문 광경은 아니다.

요컨대 사우스베이 시티는 젊은이들이 영원히 젊고 그 눈동자가 바다 색깔과도 같은 파란색이라는 타입의 남캘리포니아는 아닌 것이다. 우선 사우스베이의 바다는 파랗지 않다. 그곳에는 중유重油가 검게 떠 있고, 선원들이 던져버린 담배꽁초 덕분에 때아닌 바다의 불길을 구경하게 되는 수도 있다. 그리고 이 도시에서 영원히 젊다고 말할 수 있는 것은 죽은 젊은이들뿐이다.

물론 나는 관광을 하려고 사우스베이 시티를 찾아온 게 아니며 도덕적 모럴을 찾으러 온 것도 아니다. 어느 경우든 간에 사우스베이 시티보다는 오클랜드 시립 동물원으로 가는 편이 훨씬 낫다. 내가 사우스베이에 온 것은 한 젊은 여자를 찾기 위해서였다. 내 의뢰인은 로스앤젤레스 교외에 살고 있는 중년의 변호사로, 젊은 여자는 이전에 그곳에서 비서 일을 하고 있었다. 그녀는 어느 날 몇 장의 서류와 함께 모습을 감추었는데, 거기에는 매우 개인적인 편지 한 통도 포함되어 있었다. 흔히 있는 이야기다. 그리고 일주일 후에 그 편지의 복사본과 함께 조심스럽다고는 보기 어려운 액수의 돈을 요구하는 편지가 날아든다. 편지의 소인은 사우스베이 시티. 변호사는 그 정도의 돈이면 지불해도 좋다고 생각한다. 5만 달러 정도의 돈에 세계가 뒤집히는 것도 아니다. 그러나 만일 편지의 원본이 되돌아왔다 하더라도 협박자의 손에는 아직 몇십 장의 복사본이 남아 있을지도 모른다. 이것도 흔히 있는 이야기다. 그래서 사립 탐정이 고용된다. 하루에 120달러와 필요경비, 그리고 2,000달러의 성공 보수, 싸구려 일거리다. 남캘리포니아에서 돈으로 살 수 없는 것은 없다. 돈으로 살 수 없는 것은 누구도 갖고 싶어 하지 않는다.

나는 여자의 사진을 들고 사우스베이 일대의 바와 클럽 등을 모조리 훑고 다녔다. 이 도시에서 재빨리 누군가를 찾아내고 싶으면 이것이 제일 좋은 방법이다. 하지만 이것은 비프스테이크를 한 손에 들고 상어의 무리 속을 걸어가는 것과 같기 때문에 반드시 누군가가 덤벼들게 마련이다. 그 반응이 기관총의 총알일지도 모르고 도움이 되는 정보일지도 모른다. 그래도 어쨌거나 반응은 반응인 것이고 내가 원하는 것도 바로 그것이었다. 나는 사흘 동안 돌아다니면서 내가 묵고 있는 호텔의 이름을 수백 명의 사람들에게 가르쳐주고 나서 방에 틀어박혀 캔 맥주를 모조리 비우고 45구경 권총 청소를 하면서 그 반응이 나타나기를 기다렸다.

무엇인가를 기다린다는 것은 고통스러운 작업이다. 반드시 무엇인가가 찾아온다는 것을 직업적인 감으로 알고 있다 해도 기다리는 일은 역시 고통스럽다. 이틀, 사흘이나 방 안에서 계속 기다리고 있는 동안에 신경이 조금씩 미쳐가기 시작한다. 이런 데서 기다리고 있는 것보다는 밖에 나가 세상 사람들을 들쑤시고 돌아다니는 편이 더 빠르지 않을까 하는 느낌이 든다. 그렇게 해서 많은 사람들이 캘리포니아 주에 있는 사립 탐정의 평균 수명을 단축시키게 된다.

그러나 어쨌든 나는 기다렸다. 나는 서른여섯 살이고 아직 죽기는 이르다. 게다가 최소한 사우스베이 시티의 지린내 나는 뒷골목 안에서는 죽고 싶지 않다. 사우스베이 시티에서는 죽은 시체보다 손수레가 더 정중한 취급을 받는 것이다. 일부러 그런 거리에서 죽고 싶다고 생각하는 사람은 그다지 많지 않을 것이다.

반응은 사흘째가 되는 날 오후에 나타났다. 나는 테이블 밑에 45구경 권총을 테이프로 붙여두고 소형 리볼버를 손에 들고 방문을 2인치쯤 열었다.

"두 손을 문에 대고 있어요" 하고 나는 말했다. 몇 번이나 말하지만, 나는 일찍 죽고 싶지는 않다. 설사 싸구려라고 해도 나는 나에게 있어서는 값을 매길 수 없는 소중한 인간인 것이다.

"오케이, 쏘지 말아요." 여자의 목소리였다. 나는 천천히 방문을 열어 여자를 들어오게 한 다음 문에 걸쇠를 걸었다.

사진대로, 아니 사진 이상으로 멋진 여자였다. 뛰어난 금발과 로켓과도 같은 유방, 중년 남자가 아차 하는 사이에 당해버리는 것도 무리는 아니다. 그녀는 몸에 꼭 붙는 원피스에 구두 뒤축이 6인치나 되는 하이힐을 신고, 에나멜 핸드백을 손에 든 채로 침대 가장자리에 앉았다.

"버본밖에 없는데 마시겠소?"

"마시겠어요."

나는 손수건으로 잔을 닦은 뒤 거기에 손가락 세 마디 분량의 올드 크로를 따라 여자에게 건넸다. 여자는 한 모금을 맛보고 나서는 작정하고 절반쯤 마셨다.

"아름다운 우정의 시작인가요?"

"그러면 좋겠지만 우선 편지 이야기를 합시다" 하고 나는 말했다.

"좋아요. 편지 이야기요. 로맨틱하군요. 하지만 대체 무슨 편지죠?" 하고 여자는 말했다.

"당신이 훔쳤고, 그것을 미끼로 누군가를 협박한 편지 말이오. 아직도 생각 안 나나?"

"생각나지 않아요. 그리고 나는 편지 같은 거 훔치지 않았어요."

"그럼 로스앤젤레스의 변호사 밑에서 비서로 일한 적도 없어요?"

"물론이에요. 나는 다만 이리로 와서 당신과 좋은 일을 하면 100달러를 받을 수 있다고 해서……."

검은 덩어리가 내 위胃의 입구로 치밀어 올라왔다. 나는 여자를 바닥에 쓰러뜨리고는 테이블 밑에서 45구경 권총을 뽑아들고 침대 밑에 엎드렸다. 그와 거의 동시에 기관총의 총알이 진 크루퍼의 드럼 연주와도 같은 소리를 내며 방 안으로 날아들었다. 그것은 문을 부수고, 잔을 깨고, 벽지를 찢어버리고, 꽃병 조각들을 방 안에 흩뿌리고, 매트리스를 솜사탕으로 바꾸어놓았다. 톰슨 기관총 방식의 세계 재구축이란 것이다.

그러나 기관총이라는 것은 그 요란스러움에 비해 그다지 효과가 있는 것은 아니다. 그것은 확실히 고깃덩어리를 만드는 데에는 적당하지만 사람을 정확히 죽일 수 있는 무기는 아니다. 수다스러운 여자 칼럼니스트와도 같다. 요컨대 경제 효과의 문제다. 총알이 떨어져 철컥 소리가 나는 걸 확인한 다음에 나는 일어서서 황홀하리만큼 빠른 속도로 연거푸 방아쇠를 네 번 당겼다. 두 발은 반응이 있었지만 나머지 두 발은 빗나갔다. 5할의 확률이면 다저스 팀에서 4번 타자는 할 수 있다. 그러나 캘리포니아 주의 사립 탐정 노릇은 할 수 없다.

"꽤 잘하는군, 탐정 아저씨. 하지만 거기까지야" 하고 문 맞은편에서 누군가가 말했다.

"이제야 알겠군. 협박 따위는 원래 없었던 거야. 편지 이야기도 거짓말이고. 제임슨 사건과 관련하여 내 입을 막고 싶었던 것뿐이지."

"그 말대로야, 탐정. 머리가 잘 돌아가는군. 자네가 입을 열게 되면 많은 사람들이 난처해지지. 그래서 자네는 사우스베이 시티의 싸구려 호텔에서 매춘부와 함께 죽어야 하는 거야. 틀림없이 좋지 않은 소문이 나겠지."

꽤 훌륭한 계획이었지만 애석하게도 대사가 너무 길었다. 나는 문을 향해 45구경 권총의 나머지 세 발을 쏘아댔다. 한 발만 반응이 있었다. 3할3푼3리, 은퇴해야 할 때가 되었다. 누군가가 15달러짜리 화환쯤은 보내줄지도 모른다.

그리고 '납의 샤워'가 퍼부어졌다. 그러나 이번에는 오래 계속되지 않았다. 두 개의 총성이 진 크루파와 버디 리치의 드럼 배틀처럼 서로 겹쳐졌고 십 초 후에 모든 것이 끝났다. 유사시에는 경찰의 행동이 빠르다. 유사시가 될 때까지 시간이 걸릴 뿐이다.

"이제 안 오는 줄 알았어" 하고 나는 외쳤다.

"오고말고. 단지 조금 더 지껄이게 하고 싶었던 거야. 자네는 정말 훌륭하게 해냈네" 하고 오버니언 경위는 느릿한 목소리로 말했다.

"상대는 누군가?"

"사우스베이 시티의 대수롭지 않은 불량배야. 누구의 부탁을 받았는가는 내 힘으로 자백시켜 보겠네. 로스앤젤레스의 변호사도 붙잡을 거고. 기대해도 좋네."

"아이쿠 이런, 꽤 열심이군그래."

"사우스베이 시티도 이제 산뜻해질 때가 되었으니까. 자네의 증언에 따라선 시장 자리마저 흔들흔들 할 걸세. 자네 취향에는 맞지 않을지도 모르겠지만 세상에는 매수당하지 않는 경찰도 있는 법이거든."

"그런가?" 하고 나는 말했다.

"그런데 이번에 내가 맡은 사건이 함정이었다는 건 처음부터 알고 있었나?"

"알고 있었지. 자네는?"

"나는 의뢰인을 의심하지 않네. 그것이 경찰과 다른 점이지."

그는 싱긋 웃으며 방을 나갔다. 경찰의 웃는 모습은 언제나 똑같다. 연금을 받을 수 있다는 전망이 있는 사람만이 그런 식으로 웃는다. 그가 나간 뒤에는 나와 여자와 수백 발의 총알만이 남겨졌다.

사우스베이 시티에는 비가 거의 내리지 않는다. 그곳에서는 죽은 시체보다 손수레가 더 정중한 취급을 받는다.

도서관 기담

결론은 하나밖에 없다. 무슨 일이 있어도 이곳에서 빠져나가

야 하는 것이다. 도서관 지하에 이런 미로가 있다는 건 절대

로 있을 수 없는 일이며 누군가가 누군가의 뇌수를 빨아 먹

는다는 일 따위는 결코 허용될 수 없는 일이다.

1

도서관은 아주 조용했다. 책이 소리를 전부 흡수해버린 것
이다.

그렇다면 책에 흡수된 소리는 도대체 어떻게 되는 것일까?
물론 어떻게도 되지 않는다. 요컨대 소리가 사라진 게 아니라
공기의 진동이 흡수되었을 뿐이다.

그렇다면 책에 흡수된 진동은 도대체 어떻게 되는 것일까?
어떻게도 되지 않는다. 진동은 다만 단순히 사라져버렸을 뿐
이다. 진동은 어차피 언젠가는 사라진다. 왜냐하면 이 세계에
서 영구운동은 존재하지 않기 때문이다. 영구운동은 영구히
존재하지 않는다.

시간이란 것도 영구운동은 아니다. 다음 주가 없는 이번 주

란 것도 있다. 지난주가 없는 이번 주란 것도 있었다.

그렇다면 이번 주가 없는 다음 주는…….

이제 그만하자.

아무튼 나는 도서관에 있었다. 그리고 도서관은 아주 조용했다. 도서관은 필요 이상으로 조용했다. 나는 방금 산 가죽 구두를 신고 있었으므로 회색빛 리놀륨 바닥은 뚜벅뚜벅 하는 딱딱하고 메마른 소리를 냈다. 어쩐지 내 구두 소리 같지가 않았다. 새 구두를 신으면 자신의 발소리에 익숙해지기까지 어느 정도 시간이 걸린다.

대출 코너에는 본 적이 없는 중년 여성이 앉아서 책을 읽고 있었다. 아주 두꺼운 책인데 오른쪽은 외국어, 왼쪽은 일본어로 쓰인 문장이 인쇄되어 있었다. 같은 문장은 아닌 듯했다. 좌우의 단락이나 행이 전혀 달랐으며 삽화도 달랐다. 왼쪽 페이지의 삽화는 태양계의 궤도를 그린 그림이었고, 오른쪽 것은 잠수함의 밸브 비슷한 금속 부품이었다. 무엇에 대한 책인지 통 알 수가 없었다. 그러나 그녀는 응, 응, 하고 고개를 끄덕이면서 눈이 책 위를 달리고 있었다. 눈의 움직임으로 보아 왼쪽 눈으로는 왼쪽 페이지를, 오른쪽 눈으로는 오른쪽 페이지를 읽는 것 같았다.

"미안합니다" 하고 나는 말을 걸었다.

도서관 기담

그녀는 책을 옆으로 밀어놓고 나를 쳐다보았다.

"책을 반납하러 왔습니다" 하고 나는 말하고 두 권의 책을 카운터에 올려놓았다. 한 권은 《잠수함 건조사建造史》이고 또 한 권은 《어느 양치기의 회상》이었다. 《어느 양치기의 회상》은 상당히 재미있는 책이었다.

그녀는 책의 뒤표지를 넘겨서 기한을 살폈다. 물론 기한 내이다. 나는 날짜나 시간은 반드시 지킨다. 그런 식으로 교육을 받아온 것이다. 양치기도 그렇다. 시간을 지키지 않으면 양들은 손을 쓸 수 없을 만큼 혼란스러워져 버린다.

그녀는 익숙한 손놀림으로 대출 카드 뭉치를 살피고 내 카드 두 장을 돌려주었다. 그러고는 다시 자신의 독서로 돌아갔다.

"책을 찾고 있는데요." 나는 말했다.

"계단을 내려가서 오른쪽, 107호실" 하고 그녀는 짤막하게 말했다.

계단을 내려가서 오른쪽으로 돌자 정말 107이라고 적힌 문이 있었다. 아주 깊고 어두컴컴한 지하실로, 문을 열면 그대로 브라질로라도 가버릴 것 같은 기분이 들었다. 나는 이 도서관에 백 번도 더 왔지만 지하실이 있다는 말은 처음 들었다.

아무러면 어때.

나는 문을 두드렸다. 가볍게 두드렸을 뿐인데도 경첩이 빠져나오려고 했다. 아주 불량스러운 문이었다. 나는 경첩을 제자리로 돌려놓고 살며시 문을 열었다.

방 안에는 작고 낡은 책상이 있었고 그 뒤쪽에는 얼굴에 작은 검버섯이 잔뜩 핀 노인이 앉아 있었다. 노인은 대머리였고 도수가 높은 안경을 끼고 있었다. 어딘지 깔끔하지 못한 대머리였다. 쪼글쪼글하게 구부러진 흰 머리카락이 산불이 난 뒤와 같은 느낌으로 두피에 찰싹 달라붙어 있었다. 차라리 전부 면도기로 밀어버리면 좋을 텐데, 하고 나는 생각했다. 그러나 그런 건 물론 다른 사람의 문제다.

"어서 오시오. 무슨 용건이오?" 하고 노인이 물었다.

"책을 찾고 있습니다. 하지만 바쁘시면 다음에……" 하고 나는 말했다.

"아니오, 아니오. 바쁠 리가 있겠소, 그게 내 일인데. 무슨 책이건 찾아드리죠. 그래, 어떤 책을 찾으시는 거요?" 라고 노인은 말했다.

"실은 오스만터키제국의 세금 징수 정책을 알고 싶어서 그러는데요."

노인의 눈이 번쩍하고 빛났다.

"옳거니, 오스만 터키 제국의 세금 징수 정책이라……."

나는 마음이 무척 불편했다. 오스만터키제국의 세금 징수 정책을 꼭 알고 싶은 건 아니었던 것이다. 나는 지하철 안에서 오스만터키제국의 세금 징수 정책은 어떤 것이었을까, 하고 문득 생각했을 뿐이었다. 그것이 삼나무 꽃가루 알레르기 치료법이라는 주제라도 별 상관없었다.

"오스만터키제국의 세금 징수 정책" 하고 노인은 되뇌었다.

"하지만 별 상관없습니다. 그다지 급한 것도 아니고 게다가 꽤 전문적인 것이니까요. 국회 도서관에라도 가보겠습니다" 하고 나는 말했다.

"실없는 소리 하지 말게" 하고 노인은 화난 듯이 말했다.

"여기엔 분명히 오스만터키제국의 세금 징수 정책을 다룬 책이 몇 권이나 있어. 잠시 여기서 기다리고 있게."

"네."

노인은 방 안쪽에 있는 철제문을 열고 별실로 사라졌다. 나는 거기에 선 채 십오 분이나 노인이 돌아오기를 기다렸다. 도중에 몇 번이나 도망가려고 생각했지만 아무래도 노인에게 미안하다고 생각해 그만뒀다. 작고 검은 벌레가 전등갓 아래를 기어 다니고 있었다.

노인은 세 권의 두툼한 책을 안고 돌아왔다. 모두 매우 낡고

장정이 너덜거리고 있었다. 방 안에 오래된 종이 냄새가 떠돌았다.

"자, 이거" 하고 노인은 책을 건넸다.

《오스만터키 세금 징수 역사》 그리고 《오스만터키 세금 징수 관리의 일기》 그리고 또 《오스만터키제국 내의 비납세운동과 그 탄압에 관하여》. 어때 분명히 있잖은가?"

"정말 감사합니다"라고 말하고 나는 그 책 세 권을 받아들고 출구를 향해 나갔다.

"잠깐 기다려. 그 책은 세 권 모두 대출 금지란 말이야."

확실히 책 겉장에는 '대출 금지'라는 빨간 표지가 붙어 있었다.

"만일 읽고 싶다면 안쪽 방에서 읽도록 되어 있네."

"하지만……" 하고 나는 손목시계를 들여다보았다. 다섯 시 십 분이었다.

"이제 도서관도 폐관 시간이고요, 저녁 식사 때까지 돌아가지 않으면 어머니가 걱정하시기 때문에."

"폐관 시간 같은 건 문제가 안 돼. 내가 괜찮다고 하면 되니까. 그러면 되지 않는가. 그런데 내 호의가 싫단 말인가? 내가 무엇 때문에 이 책들을 찾은 거지? 응? 운동 때문인가?"

"정말 죄송합니다. 결코 악의는 아니었습니다. 다만 '대출 금지'인 줄 몰랐기 때문입니다" 하고 나는 사과를 했다.

노인은 깊은 기침을 하고는 휴지에다가 가래를 뱉었다. 그
러고는 잠시 그걸 바라보다가 휴지통 대신 바닥에 놓인 마분
지 상자 속에다 버렸다. 얼굴의 검버섯이 떨리고 있었다.

"알고 모르고의 문제가 아니야" 하고 노인은 내뱉듯 말했
다.

"내가 자네 나이에는 그야말로 피나도록 생각을 하면서 책
을 읽었단 말이야."

"그럼 삼십 분만 읽다 가겠습니다" 하고 나는 힘없이 말했
다. 나는 무엇이든 거절을 잘 못하는 성격이었던 것이다.

"하지만 그 이상은 안 될 것 같습니다. 저희 어머니께서 굉
장히 걱정을 하시거든요. 어릴 때 개에게 물린 다음부터는 저
의 귀가가 조금이라도 늦으면 거의 광란 상태가 되곤 합니다.
나머지는 이번 일요일에 와서 읽겠습니다."

노인의 얼굴이 약간 누그러졌다. 나는 안도했다.

"이쪽으로 오게" 하고 노인은 철제문을 열고 나에게 손짓
을 했다. 문의 안쪽은 어두컴컴한 복도였다. 낡은 전등 불빛이
먼지처럼 희뜩희뜩했다.

"내 뒤를 따라오게"라고 말하고 노인은 복도를 걸어갔다.
기묘한 복도였다. 잠시 걸어가자 복도는 좌우로 갈라져 있었

다. 노인은 오른쪽으로 돌았다. 바로 그 뒤로 꼭 개미굴처럼 여러 개의 샛길이 복도의 양옆으로 나타났다. 노인은 살펴보지도 않고 샛길 중의 하나로 들어섰다.

나는 세 권의 책을 가슴에 안고 무슨 영문인지도 모른 채 노인의 뒤를 쫓아갔다. 노인의 걸음은 보기보다 빨라서 나는 도대체 몇 번째 샛길로 들어섰는지도 알 수 없었다. 조금 가다간 또 샛길. 그리고 T자 모양의 갈림길. 내 머리는 이제 완전히 혼란스러워졌다. 시립 도서관의 지하에 이런 광대한 미로迷路가 있다는 건 정말 말도 안 되는 일이다. 시가 이런 지하 미로의 건설 예산을 승인할 까닭이 없는 것이다. 나는 노인에게 그 점을 물어볼까 생각했지만 결과적으로 호통만 들을 것 같아서 그만뒀다.

막다른 곳에 똑같은 철제문이 있었다. 문에는 '열람실'이라는 표찰이 달려 있었다. 주위는 무덤처럼 조용했다. 내 구두만이 뚜벅뚜벅 소리를 내고 있었다. 노인은 전혀 소리를 내지 않고 걸었다.

노인은 상의 주머니에서 절렁절렁 소리를 내며 커다란 열쇠 꾸러미를 꺼냈다. 그리고 전등 아래에서 열쇠 하나를 골라 문의 열쇠 구멍에 밀어넣고 돌렸다. 어쩐지 이상한 거부감이 밀려들었다.

2

"자아, 이제 어쩐다?" 하고 노인은 잠깐 생각하더니 "안으로 들어가세" 하고 말했다.

"하지만 안은 너무 컴컴한걸요" 하고 나는 항의했다.

노인은 불쾌하다는 듯이 헛기침을 한 후 등을 꼿꼿이 펴고 내 쪽을 향했다. 노인이 갑자기 덩치 큰 사나이가 된 것처럼 보였다. 눈이 저녁녘의 산양처럼 반짝였다.

"이보게, 젊은이. 아무도 없는 방의 전등을 하루 종일 켜놓으란 말인가. 응? 자네가 나한테 그렇게 명령하겠다는 건가?"

"아닙니다. 그런 건 아니……."

"에이, 시끄럽군. 이제 됐네. 돌아가게. 어디든지 가버려."

"미안합니다" 하고 나는 사과했다.

나 자신도 뭐가 뭔지 알 수 없게 되어버렸다. 노인은 어쩐지 불길한 존재인 것처럼 생각되었고, 그와 동시에 화만 내는 불행한 노인처럼 보이기도 했다. 나는 일반적으로 노인에 관해선 잘 알지 못한다. 그래서 어쩌면 좋을지 정말 모른다.

"그럴 생각은 아니었습니다. 만일 제가 말을 잘못했다면 사과드리겠습니다."

"모두 다 똑같아. 입으론 무슨 말이든 하지."

"아니, 정말 다릅니다. 어두워도 괜찮습니다. 쓸데없는 소릴 해서 죄송합니다."

"흐음" 하고 노인은 나의 눈을 들여다보았다.

"그럼, 안에 들어가는 거지?"

"예, 들어가겠습니다" 하고 나는 분명하게 대답했다.

어째서 나는 이렇게 내 자신의 생각과는 반대로 말하고 행동하곤 하는 것일까.

* * *

"안에 들어가면 곧 계단이 나와. 굴러떨어지지 않게 벽의 난간을 꼭 붙들어" 하고 노인은 말했다.

나는 앞장서서 어둠 속을 나아갔다. 등 뒤에서 노인이 문을 닫았다. 딸깍 하고 문을 잠그는 소리가 들렸다.

"왜 문을 잠그는 거죠?"

"규칙이야, 규칙. 위에 있는 놈들이 그런 규칙을 몇천, 몇만 개나 만들었다고. 나한테 이러쿵저러쿵 하면 곤란해."

나는 체념하고 계단을 내려갔다. 무척 긴 계단이었다. 마치 잉카의 우물 같았다. 벽에는 푸석푸석하게 녹슨 철제 난간이

붙어 있었다. 한 줄기의 햇살도, 한 가닥의 불빛도 없다. 머리에서부터 두건이라도 뒤집어쓴 것처럼 캄캄했다.

내 가죽 구두가 뚜벅거리는 소리만이 어둠 속에서 울리고 있었다. 구두 소리가 아니면 내 발인지조차 분간되지 않을 정도였다.

"이제 됐어, 거기서 멈춰" 하고 노인이 말했다.

나는 멈춰 섰다. 노인은 나를 밀어젖히듯 앞으로 나서더니 주머니에서 절렁절렁 소리를 내며 열쇠를 꺼냈다. 그러고는 열쇠로 문을 여는 소리가 났다. 완전한 암흑이었는데도 노인은 마치 뭐든지 다 보이는 것처럼 행동하고 있었다.

문이 열리자 안에서부터 정겨운 노란 불빛이 흘러나왔다. 약한 빛이었지만 눈이 익숙해질 때까지 조금 시간이 걸렸다. 문 안쪽에서 양의 모습을 한 작은 몸집의 사내가 나와서 나의 손을 잡았다.

"여어, 잘 왔소" 하고 양 사나이가 말했다.

"안녕하세요?" 나는 말했다. 뭐가 뭔지 영문을 알 수 없었다.

양 사나이는 진짜 양가죽을 뒤집어쓰고 있었다. 손에는 검은 장갑, 발에는 검은 작업화, 그리고 얼굴엔 검은 마스크를 쓰고 있다. 마스크로부터 붙임성 있어 보이는 두 개의 작은 눈동자가 바라보고 있었다. 도대체 무엇 때문에 그가 그런 모습을 하고 있는지는 잘 알 수 없었으나 아무튼 그 모습은 그에게 무척 잘 어울렸다. 그는 내 얼굴을 잠시 바라보다가 내가 안고 있는 책에 흘깃 눈길을 주었다.

"자넨 이리로 책을 읽으러 온 건가?"

"그렇습니다." 나는 말했다.

"정녕 자네의 의지로 여기에 온 건가?"

양 사나이의 말투는 어딘지 모르게 묘했다. 나는 입을 머뭇거렸다.

"분명하게 대답하게. 자네의 의지로 온 것 아닌가. 뭘 우물쭈물하나. 이 늙은이에게 창피를 줄 셈인가?" 하고 노인이 다그쳤다.

"제 의지로 왔습니다"라고 나는 말했다.

"그것 보게" 하고 노인이 득의양양한 듯이 말했다.

"하지만 선생님, 아직 어린애 아닙니까" 하고 양 사나이가 노인을 향해 말했다.

"에이, 시끄러워."

노인은 갑자기 바지 뒤에서 짧은 버드나무 가지를 꺼내더니 양 사나이의 얼굴을 찰싹 때렸다.

"어서 방으로 끌고 가라고."

양 사나이는 난처한 듯한 표정을 짓고 다시 내 손을 잡았다.

입술 언저리가 뻘겋게 부풀어 올랐다.

"자아, 가자."

"어디로 가는 겁니까?"

"독서실이지. 자넨 책 읽으러 왔다고 했잖은가?"

양 사나이가 앞장을 서고 우리는 그 뒤를 따라 개미굴처럼 구불구불 굽은 좁은 복도를 걸어갔다.

우리는 꽤 오랫동안 걸었다. 몇 번인가 오른쪽으로 꺾었고, 몇 번인가 왼쪽으로 꺾었다. 비스듬한 모퉁이도 있고 S자형 커브도 있었다. 그 때문에 출발점으로부터 얼마만큼 떨어져 있는지는 확실히 알 수 없었다.

나는 방향 확인하는 것을 중도에서 포기하고 그 뒤론 줄곧 양 사나이의 펑퍼짐한 등허리만 바라보고 있었다. 양가죽 옷엔 짤막한 꼬리도 달려 있었는데 걸을 때마다 그것이 시계추처럼 좌우로 흔들렸다.

"자, 자, 이제 다 왔네"라고 말하며 양 사나이가 갑자기 멈춰 섰다.

"잠깐만요, 이건 감옥이 아닙니까?" 하고 나는 말했다.

"그렇지" 하고 양 사나이가 고개를 끄덕였다.

"말 그대로지" 하고 노인이 말했다.

"이야기가 다르잖아요. 당신이 독서실로 간다고 해서 내가 여기까지 따라온 거 아닙니까?"

"속은 거야" 하고 양 사나이가 간단하게 대꾸했다.

"속인 거지" 하고 노인은 말했다.

"대체, 그런⋯⋯."

노인이 바지 뒤에서 버드나무 가지를 꺼내 나의 얼굴을 찰싹 때렸다.

"입 다물고 그 안으로 들어가. 그리고 그 책 세 권을 전부 읽고 외워버려. 한 달 뒤에 내가 몸소 시험을 하겠어. 똑바로 외우고 있으면 여기서 내보내주겠다."

"말도 안 돼요. 한 달 만에 이렇게 두꺼운 책들을 전부 외울 수는 없어요. 그리고 집에선 지금쯤 어머니가⋯⋯" 하고 나는 항의했다.

노인이 버드나무 가지를 다시 내리쳤다. 내가 살짝 몸을 비키자 그것은 양 사나이의 얼굴에 맞았다. 노인은 화가 난 듯이 다시 한 번 양 사나이를 후려쳤다. 끔찍했다.

"어쨌든 이놈을 안에 처넣어."

그렇게 말하고는 노인은 성큼성큼 걸어서 사라졌다.

"아프지 않습니까?" 하고 나는 양 사나이에게 물어보았다.

"괜찮아. 난 이골이 났으니까. 그보다도 자네를 이 안에 넣어야 하는데."

"어째 내키질 않는걸요."

"나도 그래. 하지만 뭐, 세상사란 게 다 그런 거 아닌가."

"거절하면 어떻게 되죠?"

"내가 또 지독하게 얻어맞게 되는 거지."

나는 양 사나이가 가엾어서 점잖게 감옥 안으로 들어갔다. 감옥 안에는 침대와 책상과 수세식 변기가 있었다. 세면대엔 칫솔과 컵이 놓여 있었는데 어느 것이나 무척 지저분했다. 치약은 내가 싫어하는 딸기 맛이었다. 무거운 철제문은 위쪽으론 격자가 붙은 감시창이, 아래쪽으론 가늘고 긴 배식구가 붙어 있었다.

양 사나이는 책상 위 전기 스탠드의 스위치를 몇 번이나 켰다 껐다 하고 나서 내 쪽을 향해 싱긋 웃어 보였다.

"나쁘진 않지?"

"네에, 그냥……."

"식사는 하루 세 번, 세 시엔 도넛하고 오렌지 주스도 줄게. 도넛은 내가 직접 만들지. 바삭바삭한 게 아주 맛있어."

"거 참, 고맙군요."

"자, 그럼 발을 내놔봐."

나는 발을 내밀었다. 양 사나이는 침대 밑에서 무거워 보이는 둥근 쇳덩어리를 꺼내어 그 끝에 달린 사슬을 내 발목에 채

우고 열쇠를 걸었다. 그러고는 그 열쇠를 양가죽의 가슴에 있는 주머니에 넣고 지퍼를 잠갔다.

"굉장히 서늘하군요" 하고 내가 말했다.

"뭐, 곧 익숙해질 거야. 얼른 저녁 식사를 가지고 올게."

"저, 양 아저씨. 정말로 한 달이나 여기 있어야 하나요?" 하고 나는 물어보았다.

"그렇지. 그렇게 되어 있지."

"한 달 뒤에 정말 여기서 나가게 해주는 거죠?"

"아니."

"그럼 어떻게 되는 겁니까?"

"얘기하기 곤란해."

"부탁이니까 좀 가르쳐주세요. 집에서 어머니가 걱정하고 계신답니다."

"응, 결국은 말이지, 톱으로 머리가 잘리게 되는 거야. 그러고 나선 뇌수를 쭉쭉 빨아 먹히는 거지."

나는 침대 위에서 머리를 감쌌다. 도대체 어디서부터 무엇이 잘못되어 버린 것일까. 나는 무엇 하나 나쁜 짓을 하지 않았는데 말이다.

"괜찮아, 괜찮아. 밥을 먹으면 기운이 날 거야" 하고 양 사나이가 말했다.

3

"저, 양 아저씨. 어째서 제가 뇌수를 쭉쭉 빨아 먹혀야 하는 건가요?" 하고 나는 물어보았다.

"응, 그건 말이야, 지식이 꽉 찬 뇌수란 건 아주 맛있으니까. 그 뭐랄까, 찐득찐득한 데다가 알알이 응어리가 있기도 하고……."

"그래서 한 달 동안 지식을 꽉 채워서 빨아 먹는다 그거군요."

"그런 셈이지."

양 사나이는 옷에 붙어 있는 주머니에서 세븐스타 담배를 꺼내어 100엔짜리 라이터로 불을 붙였다.

"하지만 그런 짓을 한다는 건 아무래도 너무 심하지 않습니까?"

"응, 그래. 하지만 어느 도서관에서나 그렇게들 하고 있다고. 말하자면 자넨 운이 나빴던 거야."

"어느 도서관에서나 그렇게 하고 있다고요?"

"그렇다네. 글쎄 지식을 대출하는 것뿐이면 도서관이 손해보는 거 아닌가. 게다가 뇌수를 다 빨려도 지식을 얻고 싶어

하는 사람이 제법 있거든. 자네만 해도 다른 데선 얻을 수 없는 지식을 얻고 싶어서 이리로 온 게 아닌가?"

"아닙니다. 그저 순간적인 생각에서 그랬던 거예요. 아무런 생각도 없이 왔답니다."

"거 안됐군."

양 사나이는 딱하다는 듯이 고개를 기울였다.

"여기서 내보내주지 않겠어요?"

"안 돼, 그건 안 된다고. 그랬다간 그땐 내가 지독한 꼴을 당하게 되거든. 정말 지독하단다. 전기톱으로 배를 절반쯤 잘라버리니까. 지독하지?"

"끔찍하군요."

"나도 옛날에 한 번 당한 적이 있었는데, 도로 맞붙는 데에 2주일이 걸렸단다. 2주일이나 말이야. 그러니까 자네가 단념하게."

"그럼, 그건 그렇다 치고, 만약에 내가 책 읽는 걸 거부하면 어떻게 되죠?"

양 사나이는 몸을 벌벌 떨었다.

"그것만큼은 그만두는 게 좋을 거야. 나쁜 말은 안 할 테니까. 이 지하실의 또 다른 지하엔 더 끔찍한 곳이 있단다. 뇌수를 빨아 먹히는 쪽이 훨씬 낫다고."

양 사나이가 가버리자 나는 감옥 속에 혼자 남겨졌다. 나는 딱딱한 침대에 엎드려서 한 시간가량 흐느껴 울었다. 푸른 메밀을 넣어 만든 베개가 눈물로 축축이 젖었다.

도대체 어쩌면 좋을지 대책이 서지 않았다. 뇌수를 쭉쭉 빨아 먹히는 것도 싫었지만 더 끔찍한 지하의 다른 장소로 끌려 들어가는 것도 싫었다.

시계는 여섯 시 반을 가리키고 있었다. 저녁 식사 시간이다. 집에선 어머니가 틀림없이 걱정하고 계실 것이다. 밤중이 되어도 내가 돌아오지 않는다면 정신이 이상해져 버릴지도 모른다. 그런 어머니인 것이다. 항상 나쁜 것만 상상하는 것이다. 나쁜 것을 상상하거나 텔레비전을 보고 있거나 둘 중 하나다. 어머니는 내 찌르레기에게 모이나 제대로 주고 있을까?

일곱 시에 노크 소리가 나고 문이 열리더니 지금까지 본 적이 없는 아름다운 소녀가 음식 운반 수레를 밀고 방으로 들어왔다. 눈이 아플 정도의 아름다움이었다. 나이는 나와 비슷한 또래였다. 손과 다리와 목은 금세라도 똑 부러져버릴 것처럼 가늘고, 긴 머리카락은 보석을 녹여 넣은 것처럼 반짝반짝 빛나고 있었다. 누구나가 꿈꾸는, 그리고 꿈에서밖에 볼 수 없는 소녀였다. 그녀는 한동안 나를 물끄러미 쳐다보더니 아무 말 없이 손수레 위의 음식을 책상 위에 늘어놓있다. 니는 멍하니 얼이 빠진 채 그녀의 조용조용한 동작을 바라보고 있었다.

요리는 공을 들인 것들이었다. 성게 수프와 삼치의 사우어 크림과 서양 참깨로 무친 아스파라거스와 포도 주스. 그것들을 늘어놓고 그녀는 '이제 그만 울고 밥을 먹어요'라는 손짓을 했다.

"아가씬 말을 못하나요?" 하고 나는 물어보았다.

'그래요. 어릴 때 성대를 못 쓰게 되었어요.'

"그래서 양 사나이의 심부름을 하고 있나 보군요?"

'그래요.'

그녀는 아주 희미한 미소를 지었다. 심장이 둘로 쪼개질 만큼 아름다운 미소였다.

'양 사나이는 친절한 분이에요. 하지만 할아버지를 굉장히 무서워하고 있어요.'

나는 침대에 걸터앉은 채 그녀를 물끄러미 바라보았다. 그녀는 살며시 눈을 내리깔고는 이내 방에서 사라져버렸다. 5월의 미풍처럼 가벼운 동작이었다. 문이 닫히는 소리조차 들리지 않았다.

음식은 맛있었지만 절반도 목구멍으로 넘어가지 않았다. 마치 납덩어리를 위장에 사정없이 밀어넣는 듯한 기분이었다. 식기를 치우고 나서 침대에 드러누워 도대체 앞으로 어쩌면 좋을지 생각해보았다. 결론은 하나밖에 없다. 무슨 일이 있어도 이곳에서 빠져나가야 하는 것이다. 도서관 지하에 이런 미로가 있다는 건 절대로 있을 수 없는 일이며 누군가가 누군가의 뇌수를 빨아 먹는다는 일 따위는 결코 허용될 수 없는 일이다. 게다가 어머니를 미치게 하거나 찌르레기를 굶어 죽게 할 이유도 없다.

그러나 어떻게 해서 이곳을 빠져나갈 것인가에 대해서는 전혀 방법이 생각나지 않았다. 발에는 족쇄가 채워져 있었고 문엔 자물쇠가 걸려 있었다. 게다가 설사 이 방에서 빠져나간다 해도 캄캄한 미로를 어떻게 벗어나야 할 것인가.

나는 한숨을 쉬고 다시 한동안 울었다. 나는 마음이 아주 유약해서 언제나 어머니와 찌르레기 생각만 하고 있다. 어째서 이렇게 되고 말았을까? 필시 개에게 물린 탓일 것이다.

한바탕 울고 나서 그 아름다운 소녀를 생각하며 기운을 내기로 했다. 할 수 있는 데까지는 해보자. 아무것도 하지 않는 것보단 훨씬 나을 것이다. 양 사나이나 아름다운 소녀나 그다지 나쁜 사람들로는 여겨지지 않았고, 언젠가는 반드시 기회가 올 것이다.

나는 《오스만터키 세금 징수 관리의 일기》를 손에 들고 책상에 앉아 페이지를 펼쳤다. 기회를 붙잡기 위해선 우선 유순해진 척을 해야 한다. 그렇긴 해도 그건 힘든 일은 아니었다. 나는 원래 아주 유순한 성격이니까.

《오스만터키 세금 징수 관리의 일기》는 옛 터키어로 써진 난해한 책이었는데 이상하게도 술술 읽을 수 있었다. 게다가 읽은 부분은 하나하나 남김없이 머릿속에 기억되었다. 머리가 좋아진다는 건 실로 대단한 느낌이다. 이해되지 않는 건 하나도 없다. 뇌수를 쭉쭉 빨아 먹혀도 좋으니까 한 달만이라도 똑똑해지고 싶다고 애원하는 사람들의 심정을 알 것 같았다.

나는 책장을 넘겨가면서 세금 징수 관리 이븐 아르무드 하술이 되어(사실은 훨씬 더 긴 이름인데) 반달 모양의 칼을 허리에 차고, 세금을 걷으러 바그다드의 거리를 돌아다녔다. 거리에는 닭과 담배와 커피 냄새가 가라앉은 강물처럼 자욱하게 깔려 있었다. 과일장수는 본 적조차 없는 과일을 팔고 있었다.

하술은 조용한 성격의 사람으로 세 명의 아내와 다섯 명의 아이가 있었다. 그는 잉꼬 두 마리를 기르고 있었는데, 잉꼬는 찌르레기 못지않게 귀여웠다. 하술인 나는 세 명의 아내들과 몇 번인가 사랑의 시간을 가졌다. 이런 일은 뭐랄까 무척 이상하다.

아홉 시 반에 양 사나이가 커피와 쿠키를 가지고 들어왔다.

"아이쿠 이런, 감탄했네. 벌써 공부를 하고 있는 건가?"

"그래요, 양 아저씨. 아주 재미있어요."

"그거 잘됐군. 하지만 커피라도 한 모금 마시게나. 처음부터 너무 파고들면 나중에 힘들어져."

나는 양 사나이와 함께 커피를 마시고 쿠키를 먹었다. 바삭바삭.

"있잖아요, 양 아저씨. 뇌수를 빨아 먹힌다는 건 어떤 느낌인가요?" 하고 나는 물어보았다.

"응, 그건 생각만큼 나쁘진 않은가봐. 마치 머릿속에 얽힌 실을 쭈욱 뽑는 것 같은 느낌이래. 다시 한 번 해달라고 하는 사람도 있었을 정도니까 말이야."

"허어."

"뭐 그런 거야."

"빨아 먹히고 나서는 어떻게 되죠?"

"나머지 인생을 멍하니 꿈이나 꾸면서 보내게 되는 셈이지. 고민도 없고 고통도 없이. 초조할 것도 없고. 시간 걱정을 하거나 숙제 걱정을 하지 않아도 되거든. 어때 근사하지?"

"글쎄요, 하지만 톱으로 머리를 잘리게 되겠죠?"

"그야 조금은 아프겠지. 하지만 그런 건 금방 끝나버리거든."

"그럴까요?" 하고 나는 말했다. 어쩐지 이야기가 너무 간단하다.

"그런데 그 예쁜 여자아이는 뇌수를 빨아 먹히지 않았나요?"

양 사나이는 의자에서 20센티미터도 더 뛰어올랐다. 만들어 붙인 귀가 펄럭펄럭 흔들렸다.

"뭐야, 예쁜 여자아이라는 건?"

"식사를 갖다 준 여자아이 말이에요."

"이상하군. 식사는 내가 가져왔지 않은가. 그때 자넨 쿨쿨 자고 있었어. 내가 예쁜 여자아이는 아니잖아."

또 머리가 혼란스러워졌다. 아이쿠.

4

다음 날 저녁, 아름다운 벙어리 소녀가 다시 내 방에 나타났다.

그녀는 손수레 위에 저녁 식사를 싣고 있었다. 이번 식사는

트루즈 소시지에 포테이토 샐러드를 곁들인 음식과 실로 꼰 파르시와 무순 샐러드와 주전자에 든 진한 홍차였다. 쐐기풀 무늬의 멋진 주전자였다. 찻잔도, 스푼도 이상적인 고풍스러 움을 지니고 있었다.

'천천히 드세요. 남기지 마시구요'라고 아름다운 소녀는 손 짓으로 나에게 말했다. 그러고는 생긋 웃었다. 하늘이 두 조각 날 만큼 근사한 웃음이었다.

"아가씬 도대체 누구죠?"

'저는 저일 뿐이에요'라고 그녀가 말했다.

그녀의 말은 귀에서가 아니라 내 가슴의 한복판에서부터 들 려왔다. 굉장히 이상한 느낌이다.

"하지만 양 사나이는 아가씨는 존재하지 않는다고 했어요. 게다가……."

그녀는 조그만 입술에 한 손가락을 갖다 대고 나에게 조용 히 하라고 명령했다. 나는 입을 다물었다. 나는 명령에 따르는 데에는 선수다. 특수한 능력이라고 해도 좋을 정도다.

'양 사나이에게는 양 사나이의 세계가 있죠. 저한텐 제 세계 가 있고, 당신한텐 당신 세계가 있듯이. 그렇죠?'

"그래요."

'그러니까 양 사나이의 세계에 제가 존재하지 않는다고 해

서 제가 전혀 존재하지 않는다고는 할 수 없는 거죠?'

"그렇군요. 말하자면 그런 여러 가지 세계가 모두 이곳에 한데 뒤섞여 있다는 말이군요. 그리고 포개져 있는 부분도 있고, 포개져 있지 않은 부분도 있고……."

'그래요.'

나는 그다지 머리가 나쁜 편은 아니다. 개에게 물린 이후로 두뇌회전이 약간 나빠졌을 뿐이나.

'알았으면 어서 식사하세요'라고 그녀가 말했다.

"저어, 제대로 밥을 먹을 테니까 잠시만 여기에 있어주지 않겠어요? 혼자 있으면 굉장히 쓸쓸하거든요."

그녀는 조용히 미소를 짓고는 침대 끝에 걸터앉아 두 손을 가지런히 무릎 위에 올려놓고 내가 저녁밥을 먹는 것을 물끄러미 바라보고 있었다. 그녀는 부드러운 아침 햇살을 받는 유리 장식품처럼 보였다.

"지난번에 아가씨와 닮은 여자아이를 보았어요. 아가씨와 같은 또래고, 똑같이 예쁘고, 아가씨와 똑같이 비슷한 향기가 났어요" 하고 나는 포테이토 샐러드를 먹으며 말했다.

그녀는 아무 말도 하지 않고 미소만 짓고 있었다.

"한 번, 나의 어머니와 찌르레기를 만나주었으면 좋겠는데. 찌르레긴 정말 근사하거든요."

그녀는 아주 약간 고개를 움직였다.

"그리고 물론 어머니도요. 어머닌 나를 지나치게 걱정하시거든요" 하고 나는 덧붙였다.

"어릴 때 개한테 물렸기 때문이죠. 하지만 개한테 물린 건 내 탓이지 어머니 탓은 아니에요. 그러니까 어머니께서 널 그렇게 걱정하시지 않아도 되는데. 글쎄 개는……."

'어떤 개요?' 하고 소녀가 물었다.

"커다란 검은 개였어요. 보석이 박힌 가죽 목걸이를 걸고 있었고 눈이 초록색이었죠. 다리가 아주 굵고 발톱이 여섯 개나 있었죠. 귀 끝은 둘로 갈라져 있었고 코는 햇볕에 그을린 것처럼 갈색이었어요. 개한테 물린 적 있나요?"

'없어요. 하지만 이제 그만하고 식사하세요.'

나는 잠자코 저녁 식사를 계속했다. 식사를 끝내고 접시를 치우고 나서 홍차를 마셨다.

'봐요, 여기를 나가서 당신의 어머니와 찌르레기한테로 함께 돌아가요'라고 그녀가 말했다.

"그래요. 하지만 여기서 빠져나갈 수가 없어요. 문에는 전부 자물쇠가 채워져 있고 바깥은 깜깜한 미로에다가 내가 도망치면 양 사나이가 끔찍한 꼴을 당하게 되거든요."

'하지만 뇌수를 빨리는 건 싫겠죠? 뇌수를 빨아 먹히면 두

번 다시 나와는 만날 수 없게 돼요.'

나는 고개를 저었다. 나로선 알 수가 없다. 여러 가지 일들이 너무나 겹쳐 있는 것이다. 뇌수를 빨리고 싶지 않았고 아름다운 소녀와 헤어지는 것도 싫었다. 하지만 캄캄한 어둠은 무서웠고 양 사나이가 괴로운 꼴을 당하게 하고 싶지도 않았다.

'양 사나이도 함께 도망치는 거예요. 당신하고 저하고 양 사나이, 셋이서 도망치는 거예요.'

"그러면 되겠군요. 하지만 언제?" 하고 내가 물었다.

'내일' 하고 소녀는 말했다.

'내일은 할아버지가 잠을 자는 날이에요. 할아버진 초승달이 뜨는 날 저녁밤에는 잠을 자지 않아요.'

"양 사나이가 승낙을 할까요?"

'모르죠. 그건 양 사나이 스스로 결정할 일이니까요.'

"그렇군요" 하고 내가 말했다.

'이제 전 가봐야겠어요. 양 사나이에게는 내일 밤이 될 때까지 이 일을 말하면 안 돼요' 라고 소녀가 말했다.

나는 고개를 끄덕였다. 그러자 아름다운 소녀는 전날 밤과 마찬가지로 아주 약간 열린 문 틈 사이로 훌쩍 모습을 감추었다.

내가 책을 읽기 시작했을 즈음에 양 사나이가 도넛과 레모네이드를 담은 쟁반을 들고 들어왔다.

"잘돼가나?"

"예, 양 아저씨."

"지난번에 약속했던 도넛을 가져왔지. 갓 튀긴 거니까 바삭바삭할 때 먹는 게 좋아."

"고맙습니다. 양 아저씨."

나는 책을 치우고 도넛을 먹었다. 확실히 바삭바삭한 게 아주 맛이 좋았다.

"어떤가, 맛있지?"

"예, 양 아저씨. 이렇게 맛있는 도넛은 어디에도 없을 거예요. 양 아저씨가 도넛 가게를 차린다면 굉장히 장사가 잘되겠는데요."

"응, 나도 말이야, 그걸 좀 생각해봤지. 그런 걸 할 수 있으면 좋을 거라고 말이야."

"틀림없이 할 수 있어요."

양 사나이는 아름다운 소녀가 앉아 있었던 침대에 걸터앉았다. 침대 끝에서 짧은 꼬리가 아래로 늘어져 있었다.

"하지만 소용없어. 아무도 나 같은 건 좋아하지 않을 거야. 이런 이상한 꼴을 하고 있겠다, 이도 제대로 닦지 않겠다……."

"제가 도와드릴게요. 제가 물건을 팔고, 접시를 닦고, 냅킨을 접고, 돈 계산을 할게요. 양 아저씨는 안에서 도넛을 튀기기만 하면 됩니다."

"그렇게 되면 좋지" 하고 양 사나이는 쓸쓸한 듯이 말했다. 그가 하고 싶은 말이 무엇인지 나는 알 수 있었다.

하지만 결국 나는 여기서 줄곧 버드나무 가지로 얻어맞을 거고, 자넨 조금만 있으면 뇌수를 빨아 먹힐 게 아닌가…….

양 사나이는 어두운 얼굴을 한 채 쟁반을 들고 방을 나섰다. 나는 자칫하면 탈출 계획에 대해 털어놓을 뻔했으나 아름다운 소녀의 말을 떠올리곤 그만두었다. 아무튼 내일이 되면 여러 가지 일들이 분명해질 것이다.

《오스만터키 세금 징수 관리의 일기》를 읽고 있는 동안에 나는 다시금 세금 징수 관리 이븐 아르무드 하슐이 되었다. 낮에는 바그다드 길거리를 돌아다니고, 저녁에는 두 마리의 잉꼬에게 모이를 주었다. 밤하늘에는 면도칼처럼 가느다란 달이 떠 있었다. 멀리서 누군가의 피리 소리가 들려왔다. 흑인 노예가 방에 향을 피우고 나서 작은 파리채를 들고 내 주변에서 모기를 쫓아냈다.

침대에서는 세 아내 중의 한 명인 아름다운 소녀가 나를 기다리고 있었다.

'아주 좋은 달이에요. 내일은 초승달이에요' 하고 그녀는 말했다.

잉꼬에게 모이를 줘야겠는데, 라고 내가 말하자 그녀는 '잉꼬한테는 아까 모이를 주지 않았나요?' 라고 했다.

"그런가, 그랬구나"라고 나는 말했다. 나는 잉꼬 생각만 한단 말이야.

그녀가 옷을 벗고 나도 옷을 벗었다. 그녀의 몸은 미끈했고 근사한 향기가 났다. 면도칼 같은 달빛이 그녀의 몸에 알 수 없는 빛을 던지고 있었다. 피리 소리는 아직도 계속되고 있었다. 나는 모기장이 쳐진 넓은 침대 위에서 그녀를 껴안았다. 침대는 주차장만큼 넓었다. 옆방에서는 잉꼬가 울고 있었다.

'아주 좋은 달이에요. 내일은 초승달이에요.' 잠시 후 아름다운 소녀가 말했다.

"그렇군" 하고 나는 대답했다. '초승달' 이라는 말에 무언가 떠오르는 것이 있었다. 나는 하인을 불러 침대에 드러누운 채 물 담배를 피웠다.

"초승달이라는 말에는 무언가 떠오르는 게 있군" 하고 나는 말했다. 하지만 기억이 나지 않는다.

'초승달이 뜨는 밤이 오면 여러 가지 일들이 분명해지지요' 하고 아름다운 소녀가 말했다.

확실히 그 말대로다. 초승달이 뜨는 밤이 오면 여러 가지 일들이 분명해진다.

그리고 나는 잠들었다.

5

초승달 밤은 눈먼 돌고래처럼 살며시 찾아왔다.

물론 도서관의 지하 깊은 곳에서는 하늘 같은 건 보이지 않는다. 그러나 그 진한 잉크블루 빛의 어둠은 육중한 철문과 미로를 빠져나와 내 주변을 소리도 없이 둘러쌌다. 어쨌든 초승달 밤이 찾아왔던 것이다.

저녁녘에 노인이 독서의 진척 상황을 확인하기 위해 찾아왔다. 그는 지난번과 똑같은 옷을 입고 있었다. 그리고 허리에는 여전히 버드나무 가지를 끼고 있었다. 그는 나의 독서 진척 상황을 보고 꽤 흡족해하는 것 같았다. 노인이 만족해했기 때문에 나도 조금 기뻤다.

"흠, 꽤 잘했군" 하고 노인은 말한 뒤 턱을 북북 긁었다.

"생각했던 것보다 잘 나가는 것 같군그래. 놀랄 만한 아이야."

"예, 뭐……" 하고 나는 말했다. 나는 칭찬받는 게 아주 좋다.

"일찌감치 이 책을 읽어버리면" 하고 말하고 나서 노인은 그대로 입을 다물고 물끄러미 내 눈을 들여다보았다. 굉장히 오랫동안 노인은 나를 바라보았다. 나는 몇 번이나 눈을 피하려고 했으나 소용없었다. 노인의 한 쌍의 눈과 내 한 쌍의 눈이 무엇인가로 꼭 묶여 있는 것 같았다. 그러는 동안 노인의 눈이 점점 부풀어 오르더니 방 안 벽 전체가 안구의 흰색과 검은색으로 뒤덮였다. 나이가 들어 닳아 흐릿해진 흰색과 검은색이었다. 그동안 노인은 눈 한 번 깜빡이지 않았다. 이윽고 안구는 썰물처럼 점점 오그라들더니 노인의 눈두덩에 다시 포옥 걷혀들어갔다. 나는 눈을 감고 간신히 한숨을 내쉬었다.

"일찌감치 이 책을 읽어버리면 일찌감치 이곳에서 나갈 수 있지. 그 밖의 것은 생각하지 않아도 돼. 알겠나?"

"예."

"무슨 불만은 없는가?"

"어머니와 찌르레긴 잘 있을까요?"라고 내가 물어보았다.

"세상은 아무 탈 없이 흘러가고 있다. 모두가 각자 자기의 일을 생각하고 그날이 올 때까지 각자 살아가고 있다. 자네의 모친도 마찬가지고 자네의 찌르레기도 마찬가지지. 모두 다 똑같다."

무슨 말인지 잘 모르겠으나 "예" 하고 말한 뒤 고개를 끄덕였다.

노인이 나가고 나서 삼십 분쯤 있다가 아름다운 소녀가 여느 때처럼 살며시 방 안으로 들어왔다.

"초승달 밤이군요" 하고 나는 말했다.

'그렇군요' 하고 아름다운 소녀는 조용히 말하곤 침대 끝에 살며시 앉았다. 초승달의 어둠 때문에 눈이 지끈지끈 아팠다.

"정말 오늘 이곳을 나가나요?" 하고 나는 물었다.

아름다운 소녀는 잠자코 고개를 끄덕였다. 그녀는 무척 피곤한 듯했다. 안색이 여느 때보다 창백해 맞은편 벽이 흐릿하게 비쳐 보였다. 그녀의 몸속에서 공기가 희미하게 떨리고 있었다.

"어디 아파요?"

'조금요. 초승달 탓이에요. 초승달이 되면 여러 가지 일들이 조금씩 미치기 시작한대요' 라고 그녀가 말했다.

"하지만 난 아무렇지도 않은걸요."

그녀는 생긋 웃었다.

'당신은 아무렇지도 않아요. 그러니까 괜찮아요. 틀림없이 이곳에서 빠져나갈 수 있어요.'

"아가씨는?"

'제 일은 제 스스로 생각하겠어요. 그러니까 당신은 자신의 일만 생각하세요.'

"하지만 아가씨가 없어져버리면 난 어쩌면 좋을지 모르겠단 말이에요."

'그런 느낌이 드는 것뿐이에요. 정말이에요. 당신은 강해지고 있고 앞으로 점점 더 강해질 거예요. 누구에게도 지지 않을 만큼 강해질 거예요.'

"그럴까? 그렇게는 생각되지 않는데……"라고 나는 말했다.

'길은 양 사나이가 알고 있어요. 제가 꼭 뒤따라갈 테니 먼저 도망치세요.'

내가 고개를 끄덕이자 소녀는 빨려들어가듯이 사라졌다. 소녀가 사라져버리자 나는 무척 쓸쓸해졌다. 이제 그녀를 만날 수 없게 되는 건 아닐까.

아홉 시 전에 양 사나이가 도넛을 접시에 가득 담아서 들고 왔다.

"어이, 오늘 밤 여기서 도망친다며?" 하고 양 사나이가 말했다.

"어떻게 그걸 알고 있죠?" 하고 나는 약간 놀라 물었다.

"어떤 여자아이가 가르쳐주었지. 굉장히 예쁜 아이였어. 이 근처에 그런 여자아이가 있다는 걸 통 몰랐지 뭔가. 친구인가?"

"예, 뭐……" 하고 나는 말했다.

"아, 나도 그런 친구가 있으면 좋겠다" 하고 양 사나이가 말했다.

"여기서 빠져나가면 양 아저씨에게도 반드시 친구가 잔뜩 생길 겁니다."

"그러면 좋겠군. 잘되지 않으면 나도, 자네도 끔찍한 꼴을 당하게 될 테니까 말이야"라고 양 사나이가 말했다.

"그래요." 나는 말했다. 끔찍한 꼴이란 게 대체 어떤 것을 말하는 걸까?

그러고 나서 우리는 도넛을 먹고 포도 주스를 마셨다. 나는 식욕이 전혀 없었지만 무리해서 도넛을 두 개 먹었다. 양 사나이는 혼자서 여섯 개나 먹었다. 대단한 식욕이었다.

"무슨 일을 하려면 우선 속을 잔뜩 채워야지" 하고 양 사나이가 말했다. 그러고는 굵은 손가락으로 입가에 묻은 설탕을 털어냈다. 입가는 설탕투성이였다.

어디선가 벽시계가 아홉 시를 쳤다. 양 사나이는 일어서서 옷의 소매를 추슬러 몸에 맞추었다. 출발 시간이었다.

우리는 방을 나서서 어두컴컴한 미로 같은 복도를 걸었다. 노인이 깨지 않도록 우리는 발소리를 죽여서 걸었다. 나는 도중에 구두를 벗어 복도 구석에 버렸다. 2만5천 엔이나 하는 갓산 가죽 구두를 버리긴 무척 아까웠지만 별수 없었다. 잘못은 이런 이상한 곳에 말려든 내게 있었던 것이다.

가죽 구두를 잃어버렸다고 어머니는 화를 내실지도 모른다. 뇌수를 빨아 먹히지 않기 위해 버렸다고 하면 어머니가 믿어주실까? 아니, 소용없을 것이다. 어머니는 내가 가죽 구두를 잃어버린 걸 얼버무리기 위해 거짓말하는 거라고 생각하실 게다. 그건 그렇다. 도서관의 지하에서 뇌수를 빨아 먹힐 뻔했다는 이야기를 도대체 누가 믿을 것인가? 사실을 말해도 믿어주지 않는다면 분명히 엄청나게 괴로울 것이다.

철문에 도달하기까지 긴 거리를 나는 줄곧 그런 것만 생각하고 있었다. 양 사나이는 내 앞을 묵묵히 걷고 있었다. 양 사나이의 키는 나보다 머리 절반 정도 작았다. 그래서 나의 코끝에서 양 사나이의 만들어 붙인 귀가 깡충깡충 아래위로 흔들리고 있었다.

"저기요, 양 아저씨. 구두를 가지러 삼간 되돌아가면 안 될까요?" 하고 나는 작은 소리로 물었다.

"응? 구두?" 하고 양 사나이는 약간 놀란 듯이 말했다.

"안 돼, 그런 건. 구두 생각은 잊어버려. 구두보단 뇌수가 훨씬 더 중요하지 않나?"

"예" 하고 나는 말했다. 그래서 구두 생각은 잊었다.

"할아버지가 지금은 쿨쿨 자고 있지만 보기보단 굉장히 민감하니까 조심하지 않으면 안 돼."

"예."

"도중에 무슨 일이 있어도 큰 소리 내면 안 된다고. 한번 저 사람이 눈을 뜨고 뛰어나오면, 그땐 내가 해줄 수 있는 건 아무것도 없거든. 저 버드나무 가지로 얻어맞으면 나는 절대로 저항할 수가 없게 돼버린단 말이야."

"특별한 버드나무 가지인가요?"

"글쎄, 어떨까?"라고 말하곤 양 사나이는 잠깐 생각에 잠겼다.

"지극히 평범한 버드나무 가지가 아닐까? 나도 잘 모르겠는걸."

나도 잘 알 수 없었다.

"이봐" 하고 조금 있다가 양 사나이가 나에게 말했다.

"왜 그러세요?"

"구두 생각, 이젠 잊었나?"

"예, 잊었습니다" 하고 나는 말했다. 하지만 그 덕분에 나는 다시 구두 생각이 났다.

그것은 생일날 어머니가 사준, 아주 소중한 가죽 구두였던 것이다. 뚜벅뚜벅 기분 좋은 소리가 나는 멋진 구두였다. 내가 그걸 잃어버린 것 때문에 어머니가 찌르레기를 괴롭힐지도 모른다. 어머니는 찌르레기를 몹시 시끄럽다고 생각하고 있었기 때문이다.

하지만 실제로 찌르레기는 전혀 시끄럽지 않다. 찌르레기는 무척 조용하고 단정하다. 개 같은 것들보다 훨씬 조용하다.

개.

개 생각을 하니 식은땀이 났다. 어째서 다들 개 같은 걸 기를까? 어째서 다들 찌르레기를 키우지 않는 걸까? 어째서 어머니는 그토록 찌르레기를 싫어하는 걸까? 어째서 나는 그렇게 좋은 구두를 신고 도서관에 왔던 것일까?

우리는 가까스로 철문에 도달했다. 초승달의 어둠이 약간 짙어진 것 같았다.

양 사나이는 두 주먹에다 하앗 하고 숨을 불어넣고 손을 쥐었다 폈다 했다. 그러고 나서 주머니에 손을 집어넣고 살며시 열쇠 꾸러미를 꺼냈다. 그리고 내 쪽을 보고 싱긋 웃었다.

"조용히 해야 해."

"그러죠"라고 나는 말했다.

무거운 철문의 자물쇠는 덜컹 소리를 내며 풀어졌다. 작은 소리였으나 몸에 묵직하게 울림이 전달되었다. 조금 사이를 둔 뒤 양 사나이는 살며시 문짝을 밀어서 열었다.

문 저편으로부터 완전한 어둠이 부드러운 물처럼 밀려들어왔다. 초승달이 공기의 조화를 어지럽히고 있는 것이다.

"걱정하지 않아도 돼. 반드시 잘될 테니까"라고 말하고 양 사나이는 나의 팔을 탁탁 두드렸다.

그럴까, 정말 잘될까?

6

양 사나이는 주머니에서 회중전등을 꺼내어 스위치를 켰다. 노란 불빛이 계단을 흐릿하게 비추었다. 내가 여기로 올 때 노인에게 이끌려 내려온 긴 계단이었다. 계단 위에는 영문을 알 수 없는 미로가 계속되고 있는 것이다.

"보세요, 양 아저씨."

"뭔가?"

"저 미로를 빠져나갈 수 있는 길을 알고 계세요?"

"기억해낼 수 있겠지만, 최근 3, 4년 동안은 가본 적이 없어 확실히 말할 순 없네. 하지만 뭐 어떻게든 알게 되겠지" 하고 양 사나이는 자신이 없는 듯이 말했다.

나는 굉장히 불안했지만 잠자코 있었다. 지금 새삼스레 뭐라고 말해봤자 어떻게 될 것도 아니다. 결국은 되는대로 내버려두는 수밖에 없는 일이다.

양 사나이와 나는 발소리를 죽이고 계단을 올라갔다. 양 사나이는 낡은 테니스 슈즈를 신고 있었고 나는—앞에서도 말한 것처럼—맨발이었다. 양 사나이는 앞장서서 회중전등으로 자신의 앞쪽만 비추면서 걸었다. 그래서 나는 캄캄한 어둠 속을 걷게 되어 자꾸만 양 사나이의 엉덩이에 부딪혔다. 양 사나이 쪽이 나보다 훨씬 다리가 짧아서 아무래도 내가 걷는 게 빨랐던 것이다.

계단은 차갑고 축축하면서 돌로 된 문은 둥글게 닳아 있었다. 몇천 년 전에 만들어진 것 같은 계단이었다. 공기에서 냄새는 나지 않았으나 이곳저곳에 뚜렷한 층을 이루고 있었다.

층에 따라 밀도와 온도가 다르다. 내려올 때엔 미처 알지 못했던 일이다. 아마 무서워서 거기까지 신경을 쓸 여유가 없었기 때문이었던 듯하다. 때때로 벌레 같은 걸 밟았다. 연하고 물렁한 감촉과 딱딱하고 투박한 감촉을 발바닥에 느꼈다. 어두워서 아무것도 보이지 않았지만 아마 벌레일 것이다. 아무튼 굉장히 기분이 나쁘다. 역시 구두를 신고 왔어야 했다.

오랜 시간을 들여 계단을 다 올라가고 나서 나와 양 사나이는 겨우 숨을 돌렸다. 발이 저리고 무척 시렸다.

"굉장한 계단이군요. 내려갈 땐 이렇게 길다곤 생각하지 않았는데" 하고 내가 말했다.

"먼 옛날에는 우물이었다는군. 하지만 물이 말라버리고 나서는 다른 용도로 사용하게 됐다는 거야" 하고 양 사나이가 가르쳐주었다.

"허어" 하고 나는 감탄했다.

"자세한 건 나도 모르겠지만 뭐 그런 이야기야."

그 뒤 우리는 일어나서 문제의 미로를 향해 나아갔다. 양 사나이는 첫 번째 갈림길에서 오른쪽으로 나아가다 잠시 생각한 다음에 왔던 길을 되돌아가서 왼쪽으로 나아갔다.

"괜찮을까요?" 하고 나는 다시 걱정이 돼서 물어보았다.

"응, 괜찮아. 틀림없어. 이쪽이야" 하고 양 사나이는 말했다.

그래도 나는 불안했다. 미로의 문제점은 끝까지 가보지 않고서는 그 선택이 옳았는지 틀렸는지 알 수 없다는 데에 있다. 그리고 끝까지 가보고 나서 틀렸다는 것을 알게 되었을 때엔 이미 손쓰기에 늦어버리는 것이다. 그것이 미로의 문제점이다.

양 사나이는 몇 번이나 망설이기도 하고 되돌아가기도 하면서 전진했다. 멈춰 서서 벽을 비빈 다음 손가락 끝을 혀로 핥아보기도 하고, 귀를 바닥에 대보기도 하고, 천장에 집을 지은 거미와 중얼중얼 이야기하기도 하고, 공기 냄새를 킁킁 맡아보기도 했다. 양 사나이는 보통과는 좀 다른 기억 회로를 몸에 지니고 있는 것 같았다.

시간은 자꾸 흘러 새벽이 가까워진 듯했다. 양 사나이는 가끔씩 주머니에서 회중전등을 꺼내 시간을 확인했다.

"두 시 오십 분. 슬슬 초승달의 힘이 약해져가니까 조심해야 돼" 하고 양 사나이는 말했다.

그 말을 듣고 보니 확실히 어둠의 밀도가 변화하기 시작한 듯했다. 따끔따끔하던 눈의 통증도 약간 가라앉았다.

나와 양 사나이는 서둘러서 걸었다. 날이 샐 때까지 마지막 문에 당도해야 한다. 그렇지 못하면 노인이 눈을 뜨고 나서 나와 양 사나이가 사라진 걸 알고 곧 뒤를 쫓아올 것이다. 그렇게 되면 우리는 끝장이다.

"시간 안에 닿을 수 있을까요?" 하고 나는 양 사나이에게 물었다.

"응, 괜찮아. 남은 길은 죄다 기억이 났으니까. 걱정하지 않아도 돼. 틀림없이 도망치게 해줄게. 나한테 맡겨둬."

양 사나이는 확실히 길을 기억해낸 듯했다. 나와 양 사나이는 길이 구부러진 모퉁이에서 모퉁이로 미로를 누비고 빠져나갔다. 이윽고 우리는 곧세 뻗은 복도로 나왔다. 양 사나이가 회중전등의 불빛을 돌려대자 복도 끝에 문이 어렴풋이 보였다. 문 틈새로부터 흐린 불빛이 희미하게 흘러나왔다.

"보라고, 내가 말했잖아" 하고 양 사나이는 득의양양해서 말했다.

"여기까지 왔으니 이젠 괜찮아. 남은 것은 저 문을 통해 밖으로 나가는 것뿐이야."

"고마워요, 양 아저씨"라고 나는 말했다.

양 사나이는 주머니에서 다시 열쇠 뭉치를 꺼내어 문의 자물쇠를 풀었다. 문을 여니 도서관의 지하실이었다. 전구가 천장으로부터 늘어져 있었고, 그 아래에는 테이블이 있었으며, 테이블에는 노인이 앉아서 이쪽을 노려보고 있었다. 노인 곁에는 커다란 검은 개가 앉아 있었다. 보석이 박힌 목걸이를 찬 초록색 눈의 개였다. 다리는 굵고 발톱이 여섯 개나 있다. 귀

끝이 두 개로 갈라졌고 코는 갈색이었다. 예전에 나를 물었던 개다. 개는 피투성이가 된 찌르레기를 이빨 사이에 꽉 물고 있었다.

나는 나도 모르게 비명을 질렀다. 양 사나이가 손을 뻗어 내 몸을 받쳐주었다.

"줄곧 너희들을 기다리고 있었지. 꽤나 늦었는걸" 하고 노인이 말했다.

"선생님, 여기엔 여러 가지 이유가……" 하고 양 사나이가 말했다.

"에이, 시끄럽군" 하고 노인이 큰 소리로 호통을 쳤다. 그러고는 허리에서 버드나무 가지를 뽑아들고 테이블을 철썩 때렸다. 개가 귀를 쫑긋 세웠다. 양 사나이는 입을 다물었다. 주위가 조용해졌다.

"자, 이제 널 어떻게 해줄까?" 하고 노인이 말했다.

"자고 있었던 게 아닌가요?" 하고 내가 말했다.

"후후훗, 잔꾀를 부리는구나. 이 애가. 누구한테서 배웠는지는 몰라도 난 그렇게 만만하지 않아. 너희들이 생각하는 것 정도쯤은 꿰뚫어보고 있단 말이다" 하고 노인이 비웃듯이 웃으며 말했다.

나는 한숨을 쉬었다. 그렇게 잘되어나갈 리가 없는 것이다.

덕분에 찌르레기마저 희생되고 말았다.

"너" 하고 말하고 노인은 버드나무 가지로 양 사나이를 가리켰다.

"넌 죽죽 찢어서 구멍에 던져넣어 지네의 먹이가 되게 해주마."

양 사나이는 내 등 뒤에서 덜덜 떨고 있었다.

"그다음에 너" 하고 노인은 나를 가리켰다.

"넌 개밥이 된다. 심장과 뇌수만을 남기고 온몸을 물어뜯게 할 테다. 살점과 피로 방바닥이 질척거리게 될 때까지."

노인은 즐거운 듯이 웃었다. 개의 초록색 눈이 번들번들 빛나기 시작했다.

그때 나는 개의 이빨 사이에서 찌르레기가 조금씩 부풀어 오르고 있는 것을 알아챘다. 찌르레기는 이윽고 닭만 한 크기가 되어 마치 작은 기중기처럼 개의 입을 크게 열어젖혔다. 개는 비명을 지르려 했으나 때는 이미 늦었다.

개의 입이 찢어지고 뼈가 부러지는 소리가 들렸다. 노인은 황급히 버드나무 가지로 찌르레기를 때렸다. 그러나 찌르레기는 여전히 부풀어 올라 이번에는 노인을 벽에다 단단히 밀어붙였다.

찌르레기는 어느새 사자만 한 크기가 되어 있었다. 그리고 좁은 방은 찌르레기의 확고한 날갯짓으로 뒤덮였다.

'자, 이때 도망치세요.' 뒤에서 아름다운 소녀의 목소리가 들렸다. 나는 놀라서 뒤를 돌아보았지만 뒤에는 양 사나이밖에 없었다. 양 사나이도 어안이 벙벙한 듯 뒤를 돌아보았다.

'어서 서둘러 도망가세요.' 다시 한 번 아름다운 소녀의 목소리가 들렸다. 나는 양 사나이의 손을 잡고 정면에 있는 문으로 뛰어갔다. 그리고 문을 열고 구르듯이 밖으로 나왔다.

이른 아침의 도서관에는 사람 그림자라곤 없었다. 나와 양 사나이는 홀을 달려나가 열람실 창문을 뜯어내고 도서관 밖으로 나갔다. 그리고 숨이 찰 때까지 달리고 달려 공원의 잔디밭에 지쳐서 드러누웠다.

문득 정신을 차렸을 때 나는 혼자 남아 있었다. 양 사나이의 모습은 어디에도 보이지 않았다. 나는 일어서서 큰 소리로 양 사나이를 불렀다. 대답은 없었다. 날은 완전히 밝아 아침 해가 최초의 빛을 나무들의 잎사귀에 던지고 있었다. 양 사나이는 어딘가로 가버린 것이다.

집에 돌아오니 어머니가 아침 식사를 만들어놓고 나를 기다리고 있었다.

"잘 잤니?" 하고 어머니가 말씀하셨다.

"안녕히 주무셨어요?" 하고 나도 말했다.

그리고 우리는 아침을 먹었다. 찌르레기도 평화로운 듯 모이를 쪼고 있었다. 마치 아무 일도 없었던 것 같았다. 구두를 잃어버린 것에 대해서도 어머니는 아무 말씀도 하시지 않았다. 어머니의 옆모습은 여느 때보다 아주 조금 슬퍼 보였다. 하지만 그건 단지 느낌뿐이었는지도 모른다.

그 이후로 나는 한 번도 도서관에 가지 않는다. 다시 한 번 그곳에 가서 그 지하실 입구를 확인해보고 싶은 기분도 든다. 하지만 나는 이제 거기에는 가까이 가고 싶지 않다. 해질녘에 도서관 건물을 보기만 해도 발이 오그라들어 버리는 것이다.

가끔씩 지하실에 두고 온 새 가죽 구두를 생각한다. 그리고 양 사나이를 생각하고 아름다운 소녀를 생각한다. 하지만 아무리 생각해봐도 도대체 어디부터 어디까지가 실제로 있었던 일인지 나로선 알 수 없다. 알 수 없는 채로 나는 점점 그 지하실로부터 멀어져간다.

지금도 나의 가죽 구두는 지하실 한구석에 놓여 있고, 양 사나이는 이 지상의 어딘가를 헤매고 있을 것이 틀림없다. 그런 생각을 하는 건 무척 슬프다. 내가 한 일이 정말 옳았는지 어떤지 그것조차도 나로선 확신할 수가 없다.

지난주 화요일, 어머니가 돌아가셨다. 조용한 장례식이 있었고 나는 외톨이가 되었다. 나는 지금, 오전 두 시의 어둠 속에서 그 도서관 지하실을 생각하고 있다. 어둠 속은 아주 깊다. 마치 초승달의 어둠 같다.

여기에 담은 열여덟 편의 짧은 소설(같은 것)은 1981년 4월
부터 1983년 3월에 걸쳐 내가 관계하고 있는 작은 잡지를 위
해 세속 써온 것들이다. 이 잡지는 일반 서점의 판매대에는 없
는 종류의 잡지이기 때문에 나로서는 타인의 눈을 그다지 의
식하지 않고 느긋한 마음으로 즐겁게 연재를 계속할 수가 있
었다.

각각의 작품의 길이는 400자 원고지로 8매에서 14매 정도이
다. 〈도서관 기담〉만이 유일한 예외로서 6회 연속의 길이가
되었다. 따라서 〈도서관 기담〉의 2~6에는 본래 '전회까지의
줄거리'라는 것이 붙어 있기 때문에 그런 느낌을 가지고 읽어
준다면 필자로서는 기쁘겠다. 개인적인 이야기가 되겠지만 이
〈도서관 기담〉은 연속되는 활극을 읽고 싶다는 내 아내의 요
청과 희망에 부응해서 쓰게 된 것이다.

2년이 넘는 기간 동안 계속 써온 것들로, 그중에는 현재 나
의 뜻에 맞지 않는 것도 있고 장편을 위해 스케치풍으로 써서
실제로 엮어낸 것도 있다. 그러나 결국 취사선택은 일절 하지

않고 그대로 책에 넣기로 했다. 매달 한 편씩 즐거워하거나 괴로워하면서 낳은 작품을 현재의 기분 하나로 골라내는 것이 올바른 일인지 아닌지 잘 알 수 없기 때문이다. 게다가 작품 하나하나에 여러 가지 변화와 편차가 있는 쪽이 읽는 독자에게도 재미있지 않을까, 라고(다분히 자기변호적으로) 생각한다. 마음에 들지 않는 부분은 사사키 마키 씨의 뛰어난 그림을 가만히 바라보고, 그것으로 용서해주기 바란다. (일본어판 원서에는 사사키 마키의 본문 삽화가 수록되어 있으나 한국어판에서는 사정상 수록하지 못했음을 알려드립니다.—편집자)

마키 씨는 나의 장편 표지 그림을 계속 그려주시고 있었지만 본문 쪽에서도 함께 일을 하고 싶다고 하는 나의 염원이 통해 무척 기쁘다.

무라카미 하루키

옮긴이 **임홍빈**

서울대학교 법대를 졸업한 후 20여 년간 〈중앙일보〉〈한국일보〉〈경향신문〉 등에서 신문인으로 활동했다. 하버드대학교와 도쿄대학교 대학원 등에서 신문학 등에 관한 연구를 했으며, 고려대학교와 이화여자대학교에서 신문학을 강의했다. 옮긴 책으로는 《대통령의 안방과 집무실》《어둠의 저편》《렉싱턴의 유령》《도쿄기담집》《비밀의 숲》《달리기를 말할 때 내가 하고 싶은 이야기》 등이 있다.

4월의 어느 맑은 아침에
100퍼센트의 여자를 만나는 것에 대하여

1판 1쇄   2009년 11월 25일
1판 28쇄   2024년 7월 4일

지은이   무라카미 하루키
옮긴이   임홍빈

펴낸이   임지현
펴낸곳   (주)문학사상
주소   경기도 파주시 회동길 363-8, 201호(10881)
등록   1973년 3월 21일 제1-137호

전화   031) 946-8503
팩스   031) 955-9912
홈페이지   www.munsa.co.kr
이메일   munsa@munsa.co.kr

ISBN   978-89-7012-843-6 (03830)